U0917325

有爱的青春陪伴者

处处小温柔

禾一　著

HEYI
WORKS

四川文艺出版社

图书在版编目（CIP）数据

处处小温柔 / 禾一著. -- 成都：四川文艺出版社，2021.10
ISBN 978-7-5411-6119-3

Ⅰ. ①处… Ⅱ. ①禾… Ⅲ. ①言情小说 - 中国 - 当代
Ⅳ. ① I247.5

中国版本图书馆 CIP 数据核字 (2021) 第 180061 号

CHUCHU XIAO WENROU

处处小温柔

禾一 著

出品人　张庆宁
责任编辑　邓　敏
封面设计　西　楼
版式设计　西　楼
责任校对　汪　平

出版发行　四川文艺出版社（成都市槐树街 2 号）
网　　址　www.sewys.com
电　　话　028 - 86259287（发行部）　028 - 86259303（编辑部）
传　　真　028 - 86259306

排　　版　长沙大鱼文化传媒有限公司
印　　刷　长沙鸿发印务实业有限公司
成品尺寸　145mm × 210mm　开　本　32 开
印　　张　8.5　字　数　190 千字
版　　次　2021 年 10 月第一版　印　次　2021 年 10 月第一次印刷
书　　号　ISBN 978-7-5411-6119-3
定　　价　39.80 元

版权所有 · 侵权必究。如有质量问题，请与出版社联系更换。028-86259301

CHU CHU
XIAO WEN ROU

目录

CHU CHU
XIAO WEN ROU

目录

楔　子

曾经追过的学弟

天光微亮，月牙西坠，东方隐隐露出鱼肚白。

房门“吱呀”一声被人推开，露出一条小缝，探进来一个毛茸茸的脑袋，悄声问：“司瑄哥哥，你醒了吗？”声音稚气未消。

床上的人半梦半醒，翻了个身，含糊地“嗯”了一声。

小家伙蹑手蹑脚地挪动到床边，踮起脚拍了拍床上的人：“司瑄哥哥，我有悄悄话要跟你讲。”

司瑄睡眼惺忪，探身摁亮床头灯，哑着嗓子问：“什么事？”

小家伙掏啊掏，从口袋里掏出一大把糖果堆在床沿，笑得一脸乖巧：“这是我偷偷藏的，都给你。”

太阳打西边出来了？家里的小霸王竟然主动讨好他？

司瑄捏着他的小胖脸，懒洋洋地问：“说吧，什么事？”

“你今天能送我上学吗？”小家伙眼睛又圆又亮，满含期待，还真是让人不忍心拒绝。

送他上学也不是什么麻烦事，司瑄心一软差点就要答应，但想到这个小霸王过往的恶劣行径，还是多留了一个心眼，问：“不是有杨叔送你吗？”

杨叔是家里的司机，主要工作就是接送小霸王上下学。

“我喜欢你想要你送嘛。”

司瑄并不吃撒娇这一套，好整以暇地看着他，一副不说清楚原因就不答应他的架势。

“别的小朋友都是爸爸妈妈送，”小家伙咬着唇把床上的糖果推向司瑄，忍痛割爱道，“我拿这些糖雇你当我爸爸，你今天送我上学好不好？”

司瑄差点从床上栽下去，雇他当爸爸？这可差着辈分呢。

“你是不是又在学校闯祸了，老师要请家长？”

“才没有！”小家伙气鼓鼓地瞪着他，眼眶一红，眼看就要哭，“你不送算了！”说完，迈着小短腿“噔噔噔”地跑出去，没过多久又“噔噔噔”地跑回来，把床上的糖果都收在口袋里，跑走前还“哼”了一声。

司瑄撑着额头轻笑出声，喊住他：“回来。”说着朝他摊开手掌，

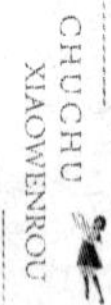

“糖拿来，我送你上学。”

“真的？”到底是小孩子，瞬间多云转晴，藏不住地开心。

“一言为定。”司瑄握住他的手像模像样地晃了晃。

得到肯定的答复，小家伙心满意足地下楼吃早餐。

司瑄洗漱完毕下楼，外婆正监督小家伙喝牛奶，看见他惊讶道：“这还早着呢，怎么不多睡会儿？”

他冲着小家伙抬了抬下巴，道：“送他上学。”

见司瑄下楼，小家伙三下五除二吃光早餐，鼓着腮帮子含混不清道：“走吧。”

司瑄套上羽绒服准备出门，小家伙突然冲他招了招手，示意他蹲下来，凑到他耳边低声道：“你能不能换一身衣服，你这样一点都不像我爸爸。”

“我本来也不是你爸爸。”司瑄里面穿了一件浅灰色的套头卫衣，配黑色运动裤，外面裹着一件过膝的黑色羽绒服，刚睡醒的原因后脑勺还翘着几根呆毛，看起来确实不太像一个七岁小孩的父亲。

“你收了我的糖！”

“糖是送你去上学的报酬，雇我当爸爸是另外的价格。”司瑄站起身，拎着小家伙的帽子拖着他往前走，“动作快点，别耽误我睡回笼觉。”

下了一整夜的雪，外面银装素裹，美是真的美，冷也是真的冷。北风顺着衣领往里灌，司瑄缩了缩脖子，先戴上卫衣的帽子并且系紧绳子，不留一丝空隙，又把羽绒服的帽子罩在头上才觉得自己活过来了。

小家伙嫌弃地看着他："到学校你能不能把帽子取下来，你这样特别像一个傻子。"

"这种天气不戴帽子的才是傻子。"

司瑄送小家伙到学校门口就准备离开，但小家伙不依不饶非要他送到班级门口，外面那么冷，他是真不想下车。

算了，毕竟收了人家的糖。

小家伙牵着司瑄的羽绒服袖口——因为嫌冷，司瑄不愿意把手露在外面。一路上碰到同学小家伙都会炫耀似的跟人讲："今天是我爸爸送我上学！"

司瑄并不拆穿，但也没有附和，只盼着快点到他教室门口。

他其实能理解小家伙，爸爸妈妈一直在忙工作，从来不参加他的家长会，更别提接送他上下学。小孩子嘛，除了比玩具不就是比谁的爸爸妈妈更爱自己。他也有过这样的时期，曾经也很渴望爸爸妈妈一起送他上学。

渴望着渴望着，也就释怀了。

小家伙突然撒开司瑄的袖口往前跑，兴奋地喊："宁老师！"

被唤作宁老师的人回过头，鼻尖被冷风吹得通红，更衬得她肤白胜雪，杏眼微弯。她含笑看着小家伙，弯腰揉了揉他的脑袋："嘉越，早上好啊。"

宁听在崇礼小学任教，因为长着一张娃娃脸性格又古灵精怪，所以特别受低年级小朋友的欢迎。

看清楚宁听的脸后，司瑄如遭雷击往后退了几步，眼前直接被加粗放大的感叹号刷屏，下意识地转身背对着她。

宁听，他未遂的初恋。

这究竟是有缘千里来相会，还是冤家路窄？

早知如此他今天早上就应该穿上一身帅气西装，将头发梳成大人模样，再顺便把皮鞋擦得锃光瓦亮，而不是像现在这样，活脱脱一只呆头鹅。

当事人现在就是后悔，非常后悔。

“宁老师！今天我……”

司瑄心下一惊，扑过去想捂住小家伙的嘴，结果脚下一滑直接摔了个狗吃屎，眼前就是宁听的雪地靴。

司瑄缓缓闭上眼睛，开始装死。

有人在吗？能不能搭把手替他把棺材板盖上？

小家伙大概也被吓到了，到了嘴边的“爸爸”两个字没收住，反而因为惊讶而放大了声音。

紧接着一个关切的女声在司瑄头顶响起：“嘉越爸爸，您没事吧？”

司瑄：我有事。

装死并不能解决问题，可能还会被热心群众送进医院，内心几番挣扎后，他还是从地上爬了起来，努力让自己看起来很镇定：“您好，我是齐嘉越的‘爸爸’。”

反应过来自己说了什么胡话的司瑄恨不得当场咬舌自尽。

宁听愣住，眼前的人虽然戴了两层帽子遮住大半张脸，但她还是一眼就认出了他。

没记错的话，他现在应该二十一岁，孩子已经七岁了？

那三年前刚认识他的时候，嘉越已经四岁，再往前倒推，他十四岁的时候就有了儿子？

十四岁就当了爸爸，这究竟是人性的扭曲，还是道德的沦丧？

宁听不知道该怎么形容自己现在的心情，大概是震惊疑惑怀疑人生，还夹杂着那么一丁点的惊喜。

是的，不能否认再次见到司瑄她是惊喜的，尽管他已经是一个七岁孩子的爸爸。

大概是觉得司瑄刚才实在是太丢脸了，小家伙急着跟他撇清关系，跺着脚解释道：“他才不是我爸爸！他……”

担心小家伙再说出什么抹黑自己形象的话，司瑄直接捂住他的嘴，露出一个得体的微笑：“你好，我是齐嘉越的哥哥。”

虚惊一场，宁听呆呆地“哦”了一声。

司瑄不悦地挑眉，“哦”是什么意思？她不打算说些什么吗？例如“好久不见你又变帅了”之类的？

齐嘉越从司瑄手里挣脱，推着他往后退了几步：“我要去上课了，你快回家吧！”说完，牵着宁听的手往教学楼走，“宁老师，我们班今天有美术课吗？”

“宁老师。”走了几步被人喊住，宁听回头，见司瑄长身玉立地站在那里，刚才的窘迫尴尬都不复存在，意味深长地看着她，“您什么时候有空？想跟您聊聊，”他顿了顿，“齐嘉越的学习。”

和美术老师聊学习？有什么好聊的？宁听支吾着应了一声，直到坐在办公室，她都还有些没回过神来，司瑄怎么会在榕城？

思绪纷繁杂乱，急于找人倾诉，她给好友叶梨发消息：我刚刚

在学校遇到了司瑄。

叶梨：司瑄是谁?

宁听：就是那个我曾经追过的学弟。

叶梨：你这么一说，我好像有点儿印象，就是那个曾经被你强吻的学弟?

宁听：……

这事儿得从三年前说起。

第一章
缘分妙不可言

01

宁听看着桌上的一堆杂志陷入沉思。封面上的模特个个穿着清凉，身材火辣，她数了数，一共有十二本，中文版、英文版、日语版、韩语版、德语版……

各种语言，应有尽有；各型各款，美不胜收。

哦，这不是重点，重点是她明明买的是画册，怎么收到的是这一大堆……

她拍了张照片准备和卖家好好掰扯掰扯。

一听可乐：你们是不是发错货了？

有间书店：稍等哦亲亲，我去和仓库核实一下。

两分钟后。

有间书店：没有哦亲亲，仓库那边是按订单给您发货的呢。

一听可乐：但我收到的并不是我下单的画册，你们是正经书店吗？是不是在挂羊头卖狗肉？

她把照片发过去。

有间书店：您确定您收到的是这些杂志吗？我们是正经书店呢，这些杂志我们仓库都没货，不可能是从我们仓库发出去的。可能是物流弄错了，麻烦您核对一下物流单号看是否一致？

宁听拿过快递袋看了看收货信息。

收货人：一个低调的帅哥

联系电话：13577××2345

打扰了，是她领错了快递。

包装袋上的取货号是2705，她短信收到的取货号是4705，可能是快递驿站的工作人员听岔了，这个人的手机尾号又刚好和她的手机尾号一模一样，再加上两个人买的都是书。这众多巧合叠在一起，她阴错阳差地领了别人的快递。

缘分妙不可言。

宁听开始好奇这个“低调的帅哥”是何许人也，她看了眼桌上花花绿绿的杂志，口味可是一点都不低调呢。

她照着快递单上的电话拨了过去，响了好几声才接通，对方低低地“喂”了一声，问：“哪位？”语气不太友善，隐隐夹杂着被吵醒的起床气。

“你好，请问是‘一个低调的帅哥’吗？”

对面沉默了几秒钟：“打错了。”丢下这三个字就挂断了电话。

还挺有性格。

宁听又拨了过去，这次接得很快，在他说话前，宁听率先解释道：“是这样的，我今天误领了你的快递，收货人是‘一个低调的帅哥’，联系电话是13577××2345，”她顿了顿，委婉道，“是几本杂志。你现在方便吗？约个地点我把东西还给你。”

“我没买过杂志，你真的打错了。”

“可是……”宁听话还没说完，电话再次被挂断。

她确定自己没打错，对着号码确认了好几遍。敢买不敢认？她合理地推测了一下，对方可能是不好意思找她领。

其实也没什么，大家都是大学生，有点生理需求她是完全可以理解的，何况只是几本杂志，又不是什么不可描述的物品。她想了想给对方发过去一条短信：如果你觉得不好意思，我可以帮你把杂志包起来放在你宿舍楼下的花坛里，到时候你自己下楼拿就行。我保证不会躲起来偷看，我这人不怎么八卦的。

02

手机又振动了两下，司琣刚酝酿好的睡意都被振走。他从枕头底下摸出手机看了眼，是刚才那个号码发来的短信，现在的骗子可真是执着，他顺手拉黑了。

微信提示有新消息进来，他点开，是靳远洲发来的信息：东西收到了吗？

还配了一个坏笑的表情。

靳远洲从小和司瑄一起长大，比司瑄大两岁，现在正在大洋彼岸的资本主义国家镀金。

什么东西？司瑄回过去一个问号。

靳远洲：你的生日礼物，我费了好大劲才收集齐的杂志，你肯定喜欢。

坏笑 ×2。

杂志？司瑄脑海里好像有什么东西一闪而过，他问：什么杂志？你给我寄东西了？

靳远洲：你没收到吗？我看物流显示已签收。

司瑄：收货人那一栏你填的什么？

靳远洲：一个低调的帅哥。

坏笑 ×3。

司瑄揉了揉眉心，都对上了。所以刚刚那个人不是骗子？

他生日都过了一个月了，靳远洲才想起来送礼物，还搞得神神秘秘的，真让人头秃。

司瑄把人从黑名单里拖出来，思索了一会儿还是决定打个电话。

“喂？”

这个“喂”字带着很明显的笑意，司瑄沉默了一瞬，硬着头皮道：“你好，那些杂志好像确实是我的……”

脸真疼。

宁听拖长声音“哦”了一声，笑着问：“想通了？”

什么叫想通了？这话听起来怎么有点奇怪？司瑄顾不上这么多，应付地“嗯”了一声，说：“你什么时候有空，我去找你拿杂志。”

“我现在就挺方便的，正好准备去吃饭，就约在西苑食堂门口见怎么样？”

“可以。”

比想象中顺利，司瑄翻身下床，随意收拾了一下便动身前往西苑食堂。

还没到饭点，食堂门口人不多，司瑄收到对方的短信：我到了，在公告栏这里等你。

他往公告栏的方向望过去，有个女生等在那里，拎着一个塑料袋，看样子装的应该是书。

宁听正低头玩手机，感觉到有人靠近，抬头正对上一张好看得有些过分的脸，覆在额前的刘海被风掀开一个口子，露出英挺的眉毛，五官比例协调。是那种很干净清爽的好看，少年感很足，和她想象的不一样。

对方先开口：“你好，刚刚电话联系过，我来拿杂志。”

声音清冷，很有质感，像隐于林间的山泉，清冽又澄澈。作为一个声控，宁听觉得给 9.5 分一点儿都不过分，仅次于她男神枕风。

宁听确认道：“‘一个低调的帅哥’？”

能明显看到对方脸上一闪而过的不自然，男生十分勉强地应了一声。

宁听把袋子递给他：“一共是十二本，你要不要打开看看？”

“不用，谢谢。”司瑄接过袋子，礼貌地道谢。

宁听摆摆手，道：“不用，举手之劳。”转身走出两步，她回过头看着司瑄，促狭地眨了眨眼睛，笑得耐人寻味，“品味很别致哦。”

直到回到宿舍看到装在袋子里的杂志，司瑄才明白她那抹耐人寻味的笑是什么意思。

这可不是别致嘛。

他看着桌上这一堆杂志，额角一抽一抽地疼，他就不该对靳远洲抱有幻想。

一开始听说是他费了好大劲才收集齐的杂志，司瑄还以为是绝版的音乐杂志，结果，就这?

司瑄忍着脸疼就领回来这么一堆东西?

他越想越气，给靳远洲打电话：“东西我收到了。”

“怎么样？喜欢吗？”光听声音司瑄都能想象靳远洲此刻幸灾乐祸的表情。

“呵。”

“哈哈哈哈哈哈，我们瑄瑄十八岁了，有些方面的知识也该丰富一下了。”

司瑄冷笑：“你的理论知识倒是很丰富，也没见你派上用场。”

扎心了兄弟。

靳远洲：“是兄弟就扎最狠的刀？”

司瑄：“杂志我会给你寄回去，你自己留着慢慢学习吧。”

靳远洲：“这怎么好意思呢？这可是我为你精心挑选的生日礼物，是我对你最深沉的祝福！”

司瑄：“没有这份祝福我应该能活得更久。”

挂了电话还是好气，他登录游戏准备厮杀一把泄一泄心里的火，结果 0—11 的战绩，打完更加生气了。

想到那个女生临走前耐人寻味的笑他就生气！她一定是误会了！他脏了！明明什么都没做却被扣上了一顶黄灿灿的帽子！

他的清白全毁在靳远洲身上了！

03

宁听枯坐在电脑前，齐腰的长发用一支铅笔随意地固定在后脑勺，她盘腿坐在椅子上，轻合着眼睛，双手搭在膝盖上，一副老僧入定的模样。

舍友江沅回来看到这一幕调侃道:“哟，你这是要羽化飞升了？”

宁听长叹一声，睁开眼睛：“我在冥想，书上说冥想有助于获得灵感。”

江沅知道她在为毕业设计发愁，班上同学的课题都定下来了，但宁听的选题被打回来好几次。毕竟是“艺设小才女”，老师对她寄予厚望，希望她的毕业设计能在艺设学院的展览馆拥有一席之地。宁听明白指导老师的良苦用心，只是压力实在是太大了。眼看其他同学都开始查资料撰写开题报告了，她还卡在课题这一块。

问君能有几多愁？恰似一江春水向东流。

江沅递给宁听一根棒棒糖，问：“你今天去找顺顺了，他怎么说？”

顺顺是宁听的毕业设计指导老师，全名郑顺，因为经常毫无形象地和学生混在一起，所以被亲切地称为“顺顺”。

“他说：‘不要觉得有压力，要放松心态才能和灵感共鸣。顺顺相信你一定可以的！加油哦——’”宁听捏着嗓子模仿顺顺的神态和语气，最后那个“加油哦”是精髓，江沅笑得前俯后仰。

“你知道的，我当初选顺顺做指导老师就是希望能借他名字的光，顺利开题，顺利答辩，顺利毕业。然而，事实是，我太难了！”

江沅拍着宁听的肩膀安慰道：“放轻松，你这才第一关，后面还有九九八十一难等着你呢。”

“唐僧好歹还有四个徒弟帮忙呢，我这单打独斗的，一直被毕设这个小妖精摁在地上狠狠摩擦。这经我不想取了，延迟毕业也挺好的。”宁听开始自我放弃。

楚何一针见血道：“由不得你。”

确实由不得宁听，最近只要碰见熟人，不管是老师还是同学，都会问她一句：“课题定了吗？”整得她都有点儿自闭。大家没别的事情可做了吗？这么关心她的进展不如顺便给她提供点灵感？

宁听的毕业设计课题没定这件事，还上了“江大百事通”，标题是——“震惊！‘艺设才女’毕设课题至今未定，疑似江郎才尽？”

“江大百事通”是一个公众号，最初由江大新闻学院的学生创立，旨在传递校内一手八卦消息，一代传一代，到现在关注量比江大官方公众号的关注量高出近一倍。

在宁听看来，运营公众号的这群人毕业后应该都直接入职某知名浏览器的“震惊部”，标题动不动就是红色加粗的——“震惊！

××××××××！”

一点儿新意也没有。

关于“艺设小才女”这个称号也是由来已久，宁听大一刚入学正好赶上江大百年校庆，江大为此举办了一场“设计大赛”，征集各类和“百年江大”相关的海报、明信片、徽章这一类的周边。宁听设计的纪念戒指被官方挑中，成为当年最受欢迎的周边之一。

这件事也上过“江大百事通”，撰稿人洋洋洒洒写了一大篇文章，对宁听进行了全方位的介绍，甚至连她小学参加美术比赛获奖这件事都扒出来了。自此，“艺设小才女”这个标签便牢牢贴在了她身上。

除此之外，大学四年宁听参加各种比赛斩获无数荣誉，还发起“踏春集市”，每年四月份开市一周，售卖的都是艺设学生的作品，所得款项全部捐给一个专门为山区儿童建造图书馆的基金会。

提到宁听，大家的印象都是：人美，心善，有才华。

这样丰富的履历谁听了不赞一声优秀呢？但她已经过气了，她现在只是一个想不出毕设课题，还要被群嘲的大四老学姐。连“江大百事通”对她的称呼都从“艺设小才女”变成了“艺设才女”，虽然只少了一个“小”字，但这里面差别可大了，前者听起来亲切有活力、蓬勃有朝气，后者明显带着一丝垂死挣扎的不甘。

江郎才尽？怎么可能！她是对自己高标准严要求，力图呈现最完美的作品好吗！

想到这里宁听又振作起来，她优秀了四年，高开低走的剧本她不接受，一定要为自己的大学生活画上一个圆满的句号。

04

因为“江大百事通”最新的一篇推文，过气的大四学姐宁听一夜之间又翻红了。

自从上次“江大百事通”说她江郎才尽之后，宁听便取关了这个满嘴跑火车的公众号，所以她“翻红”的消息还是江沅告诉她的。

宁听点开江沅分享给她的推文，标题是——“‘艺设小才女’毕设课题迟迟未定的原因竟然是这？”

这次没再用震惊体，很好，有进步。

文章先是铺垫了一下她毕设课题还没定这件事，紧接着放了一张图，是那天她送还杂志时被拍到的照片，最后得出结论，她之所以到现在还没定毕业设计的课题就是因为她为情所困，无心学业。

宁听只粗略地看了一眼便退出来，感慨道：“就让我安静地过气吧，不要再蹭大四学姐的热度了。”

江沅纠正她：“严格来说，是你这位大四学姐在蹭咱们新晋校草的热度。”

“谁？”

“新晋校草司瑄，隔壁音乐学院大一学弟，照片中的男主角。你这是打算抓住大学的尾巴和学弟来一场轰轰烈烈的恋爱？”

那她运气还挺好，绯闻对象竟然是大一的鲜肉校草，可惜她对这棵嫩草没什么想法。

“学弟还是留给学妹吧，学姐只想安静地毕业。”宁听关了电脑准备出去走两圈，在电脑前坐了一天脖子都僵了，但还是毫无进展。

圣诞刚过，校园里节日的氛围还很浓厚，宁听漫无目的地闲逛。

旁边是音乐学院的大楼，三楼有间教室亮着灯，悠扬的琴声乘着夜风飘到她的耳畔。她驻足听了一会儿，是她男神枕风的《凛》，好多个熬夜画稿的深夜都是这首歌陪着她。

这首歌更像是自己录着玩的一首歌，制作也不算精良，作词作曲编曲演唱都是枕风。

《凛》是枕风唱过的唯一一首歌，在这之后他一直是以制作人的身份出现在大众的视线中。枕风工作室成立不到两年的时间发表原创作品十余首，有好几位原本名不见经传的歌手因为演唱枕风工作室的原创歌曲而走红。

有知名音乐人评价他："枕风出品，必属精品。"

出于好奇，宁听在网上搜索过枕风的相关信息，但一片空白，连最基本的信息都没有，只有一些不知真假的"据传闻"。

据传闻，有好多知名歌手高价聘请枕风写歌但都被拒绝了。

据传闻，枕风是一个年近四十不修边幅的糙汉大叔，因为深知"如果见过他本人一定会对他的作品失去兴趣"，所以才低调到没有对外公布过任何信息。

据传闻，"枕风"其实是一个代号，是一个虚构出来的"人"，背后其实藏着一群人。那些枕风作词作曲的歌其实是由不同的人写出来的，是枕风工作室故意打造出这样一个"才华横溢，精彩绝艳"的人设来博眼球。

……

宁听看到最离谱的“据传闻”是说枕风其实是一个身价过亿的富二代。

糙汉？代号？富二代？说枕风拒绝知名歌手的高价邀约，宁听倒是深信不疑，但这些纯属猜测的“据传闻”她一个字也不信。

在宁听看来，一个拥有这样清澈纯粹声音的人，即便没有惊为天人的长相，也一定是一个干净明朗的少年。

此刻听到有人在弹《凛》这首曲子，宁听的第一反应是谁这么有品位？她准备近距离欣赏一下这首曲子，也顺便认识一下这个弹琴的人，结果还没进音乐学院大楼就被保安大叔拦住：“同学，要锁门了哈，要练习明天再来。”

她伸手指了指：“可我听到楼上有人在弹琴。”

“哪有人？我刚上楼转了一圈，灯都关了，同学你是不是听错了？”

保安大叔锁了门，宁听回到刚才的地方，三楼的灯灭了，琴声也没了。

宁听突然感觉脊背发凉，她总不至于耳朵和眼睛同时不好使吧？她脑子里不受控制地浮现一些和音乐学院相关的传闻，四周很静，只有风吹树叶沙沙作响的声音。

音乐学院位置很偏，四周树木掩映，旁边只有一栋废弃待拆的教学楼，在昏黄灯光的映衬下更显得森然，似乎在每一个光照不到的黑暗角落都蛰伏着一只怪兽，伺机而动。宁听将羽绒服的帽子扣在头上埋头疾走，只想赶紧回宿舍，结果被不知道从哪里冒出来的自行车刮倒在地上。

对方为了躲开她直接冲进了花坛，此刻一脚点在地上，一脚踩在踏板上回头惊魂未定地看着她。

四目相对，宁听率先开口道："学弟，好巧啊。"

司瑄将车停好，见她还坐在地上，问："需要去医院吗？"

宁听摇头："不需要，我就是穿太厚了行动不方便。"她揪着司瑄的袖子借力站了起来。

司瑄不着痕迹地扯回袖子，淡淡地点头："那我先走了。"

"哎——"宁听喊住他，"学弟，我是前几天给你送杂志的学姐，还有印象吗？"

当然有印象，难道她看不出来他并不想和她叙旧吗？

宁听顺势坐到他自行车车后座上："是这样的，学姐宿舍离这有点儿远，能不能麻烦你送我回去？"

司瑄动作顿了顿，尽量维持着礼貌："不太顺路。"

宁听并没有要下来的意思，反而调整了一下位置换了一个更舒服的坐姿："你关注了'江大百事通'吗？"

这话题转移得是不是稍微有点生硬？但司瑄还是回答道："没有。"

难怪，宁听从口袋里摸出手机点开那篇推文递给他，问："吃瓜吗？"

司瑄觉得自己的耐心要耗尽了，正准备开口拒绝，但余光瞥到屏幕上那张照片里的人好像是他，好奇心使他接过手机。

他一边看，一边听宁听在旁边叨叨："如你所见，大家现在都认为我对你有非分之想。其实，我本来可以解释的，但考虑到学弟你的形象……”

威胁，赤裸裸的威胁。

司瑄把手机还给宁听，问：“住哪栋？”

“西苑三栋，谢谢学弟！”

05

司瑄回到宿舍找到“江大百事通”这个公众号，又重新看了一遍这篇推文。

什么叫“开篇一张图，内容全靠编”，他现在算是明白了。他轻哂一声关掉手机，脑海里不由自主地想到那句“我本来可以解释的，但考虑到学弟你的形象”。

他眉头轻皱，有把柄在人手里的感觉可真不怎么样。就像头顶悬了一把利刃，你不知道它会什么时候突然落下来。

手机振动了两下，有新的短信进来，司瑄点开：谢谢学弟送我回宿舍，今天拿杂志的事儿威胁你实在是形势所迫，绝对没有下次。这件事我一定不会告诉任何人！

宁听斟酌了许久才编辑好这条信息，刚刚要不是因为太害怕了她也不会卑鄙地用杂志的事威胁他。特地发短信解释就是希望他不要有负担，她不会再拿这件事威胁他。

司瑄冷笑着删除了短信，这条信息在他看来就是“嘻嘻嘻，你有把柄落在我手上喽，一定还会有下次”。他一向是个怕麻烦的人，想到以后她还会不停地拿杂志的事来要挟他就觉得心烦。

如果这杂志真是他买的他也就认了，可杂志他已经给靳远洲寄回去了，一想到最后自己什么也没落着还要被人威胁就生气。

不行，太气了。

司瑄登录靳远洲的游戏账号，顺手把靳远洲的装备全卖了，没人买的就硬送，没有注销账号已经是他最后的仁慈。做完这一切，他神清气爽地关了电脑，感觉腰也不酸了，头也不疼了，生活又变得美好起来。

门外传来说笑的声音，紧接着宿舍的门被人推开，刚才还有说有笑的两个男生在看到司瑄的时候都止住了话头，连脸上的笑都收了起来。

过于明显的排挤和孤立，司瑄只当没看到，自顾自地收拾东西准备去洗漱。他本来也不是一个喜欢社交的人，眼下这种情况他更自在。

他虽不在意，但也不想一直住在这种氛围诡异的宿舍里，正准备下学期搬出去住。但最近由于元旦晚会的事，宿舍氛围再次变得紧张，搬出去住的事不得已提前实施，房子已经看好，他忙完这两天就准备搬家。

谢煜在宿舍等司瑄，看见他回来迫不及待地问："之前来找你没碰到人，曾老师让我问你元旦晚会的节目定了吗？"

谢煜是司瑄班上的同学，住在隔壁宿舍，也是学生会文艺部的干事，这次元旦晚会就是文艺部承办。

"晚上在琴房练琴，刚刚才回宿舍。"司瑄随口解释了一句，又有些无奈，问，"你们希望我表演什么？"

宿舍里响起一声不轻不重的冷笑，谢煜知道他们宿舍的情况，

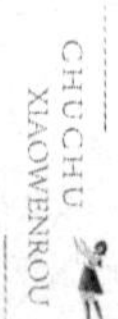

脸上有些尴尬。司瑄不带任何情绪地看了刚刚冷笑的郑诃宇一眼，拉开门道：“去你们宿舍聊吧。”

谢煜如释重负地点点头。

这次元旦晚会司瑄没有报任何节目，反而是郑诃宇组的一支乐队报了一个节目，但是初审的时候被刷下来了。紧接着是谢煜联系他说曾老师希望他能参加这次元旦晚会，随便什么节目。

所以他们宿舍的氛围变得越发微妙。郑诃宇辛辛苦苦准备的节目被刷，而他却莫名其妙得到一张“随便什么节目”的通行证。

司瑄也以“学业繁忙”为由拒绝过，但对方表示是学校领导希望他能参加这次元旦晚会。

谢煜接着刚刚的话头讲：“曾老师的意思是钢琴独奏太单调，独唱也不够饱满，所以她希望你能边弹边唱……”说着从桌上找到一份谱子递给司瑄，“这是曾老师给的，不一定非要表演这首歌，你有其他想表演的也可以。”

被安排得明明白白，司瑄接过谱子：“就它吧。”

“彩排定在这周四下午，曾老师希望你能参加。”说到最后，谢煜自己都有些不好意思。

但司瑄似乎已经平静地接受了这件事，淡淡地点头：“可以。”

谢煜松了一口气，本以为至少要耗费一番口舌，没想到事情比他预想的要顺利。同学几个月，他和司瑄并没有什么交集，这次接触下来才发现虽然司瑄这人平常看起来很冷淡，但其实挺好说话的，并不像其他人传的那样恃才傲物。

06

元旦晚会如期而至。

宁听散步经过大礼堂，里面时不时爆发出阵阵欢呼。换作以前她肯定是要凑这个热闹的，但眼下她满脑子都是毕业设计，对任何事情都提不起兴趣。

她仰天长叹：热闹都是他们的，我只是一个快被毕业设计逼疯的“大四狗”。

礼堂再次爆发出热烈的欢呼声，宁听隐约听到主持人报幕：“接下来……请……的司瑄给我们带来……”

司瑄？就是那个音乐学院的小学弟？来都来了，要不然进去看看？

礼堂门口挤满了踮着脚伸长脖子往里看的人，宁听也跟着踮脚往里面看了一眼——除了一望无际的后脑勺什么也看不到。

她听到旁边的两个学妹讨论：“早知道今晚有司瑄的节目，我就算花钱也买一张门票了！”

“今年元旦晚会的票你花钱也买不到好吗！只能期待新媒体部拍摄的表演视频了。”

这个学弟人气挺高的嘛。

唉，又是一群被外表欺骗的小女生。

后脑勺也没什么可看的，宁听正准备离开，礼堂内传来的歌声让她不由自主地停住了脚步。

I set a fire to the moon shape...

是《In Time》，是她很喜欢的一首歌，原唱慵懒舒缓，但此

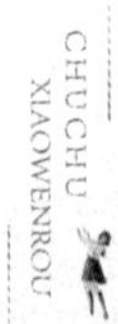

刻礼堂内传来的歌声更沉一些，像覆于松针上的薄雪，清冷皎洁却也令人心旷神怡。

耳畔传来女孩们压低的惊呼声，像是不忍心让这歌声夹杂嘈杂却又不得不释放已经达到临界值的情绪。

宁听完全能理解她们，因为她也是同样的心情。她听歌的喜好和别人不太一样，大部分人听歌可能是听旋律或者歌词，但她听的是声音，喜欢《凛》也是因为枕风的声音。

已经很久没有听到让她惊艳的声音了，上一个是枕风，可惜他现在转战幕后当制作人，专心写词作曲，除了一首制作粗糙的《凛》再没唱过其他歌。

音乐确实有治愈人心的力量，司瑄低沉清冷的歌声缓缓流淌在她耳畔，宁听静静地立在原地，心情前所未有地平静。

这段时间她一直在为毕业设计的事情烦心，好几次都觉得被压得喘不过气来，这一刻却觉得前所未有地轻松。

In light we fall

……

In time

一首歌结束，掌声和欢呼声快要将礼堂的屋顶掀翻。

而宁听也改变了对司瑄的看法，live（现场）这么强，看来不止有颜值，实力也在线，难怪拥有这么高的人气。

她正回味着刚刚的歌声，头顶似乎有个小灯泡突然亮了一下，宁听觉得自己一直堵着的思路突然被打通了。她马不停蹄地往宿舍跑，生怕这来之不易的灵感再次溜走。

“灵感”是很抽象的东西，也十分任性，强求不来只能靠缘分。

但其实也可以通过很多手段激发灵感，能激发宁听创作灵感的是声音。听着枕风的《凛》，她创作出了江大百年校庆的周边戒指，获得“艺设小才女”的称号，从此《凛》就成了她的缪斯女神。但这段时间她发现自己似乎已经对《凛》产生了抗体。就算是单曲循环也再没有过之前那种灵光乍现的感觉，今天却通过司瑄这首《In Time》让她再次体会到了这种感觉。

趁着灵感乍现，宁听一气呵成地定了毕业设计的大概框架，完成时已经是凌晨，她习惯性地刷了刷手机，朋友圈很多人在讨论今晚的元旦晚会。

有人上传了司瑄节目的完整视频，她点开，比刚刚只听声音更震撼。

画质不算清晰，只看得清大概。舞台上的司瑄一身白衣黑裤，衬衫袖子卷起一截，露出线条流畅的小臂，端坐在钢琴前，修长的手指在琴键上起舞，姿态闲适，台风大方。

舞台上的光落在他身上，让人目眩神迷。

宁听下意识地点了收藏。

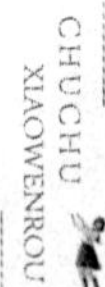

第二章
不是榴梿的错

01

元旦连着周末正好有三天假，舍友回家的回家，出去玩的出去玩，宿舍只剩司瑄一个人。他正在收拾东西，靳远洲的电话打过来，有些讨好地问："还生气呢？"

司瑄开了扩音，把手机扔在桌上，继续忙着手里的事，问："有事吗？"

"没什么事，就是想你了。"他顿了顿又补充道，"你已经两天没骂我了，我有些不习惯。”

合着是找骂来了，司瑄没工夫和靳远洲掰扯，建议道：“你要真想挨骂，不妨给你爸打个电话。”

“我还没欠骂到那种程度。说真的，你不会还在为上次杂志的事生气吧？我那个满装备的账号都让你给糟蹋完了，气还没消呢？”

“没有。”

靳远洲确认道：“‘没有’是不生气了的意思？”不是他谨慎，实在是他太了解司瑄，这人生起气来不动声色，又贼能记仇，不加倍报复回来是绝对不会善罢甘休的，他没少在司瑄手里吃亏。

“是。”电话那头的背景音很嘈杂，司瑄看了眼时间，问，“这个点你还在外面？”

“今晚有地下乐队的演出，我来凑个热闹，要给你直播吗？”靳远洲说着把手机拿远了点，炙热喧嚣的音乐声传到电话另一端司瑄的耳朵里。

重金属摇滚不是司瑄的音乐取向，他不甚在意地“哦”了一声：“不用。”他正把行李箱从柜顶拿下来，不小心碰倒了舍友放在柜顶的贝斯，“哐”的一声砸到地上，动静很大。

“怎么了？地震了？”电话那头的靳远洲很是惊慌。

“没有。”司瑄看着一地的狼藉有些头疼，“你好好享受你的摇滚盛宴吧，我正忙着收拾行李，回头再聊。”

司瑄捡起落在地上的琴包，侧面用金线绣着三个字母“ZHY”，猜也能猜到它的主人是谁。

郑诃宇，那个和他势同水火的舍友。

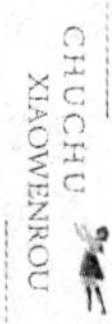

司瑄打开琴包，琴弦断了一根，琴身有一道大概两厘米长的裂痕。

事情再次变得复杂。乐器对乐手来说意义非凡，有些甚至已经超出了乐器本身的价值，对乐手来说是某种象征或者精神寄托，无法被替代。

何况这把琴对郑诃宇的意义，司瑄知道，所以他才更为难。

那时才刚开学，站在人生另一段旅程的开端，好像未来的一切都是亮堂堂的。大家都是意气风发的少年，考入理想的大学，未来有无限可能。

两人的关系还不像现在这样，有次宿舍夜谈，话题是郑诃宇开的头，说他瞒着父母打了一整个暑期的零工才攒够钱，本来是想买吉他的，却一眼相中这把贝斯，是他拥有的第一件乐器。

司瑄能感受到郑诃宇对音乐纯粹的热爱，以及提到这把贝斯时他语气里隐隐的自豪。

作为专业录取排名的第一和第二，司瑄和郑诃宇免不了被人拿出来做比较。一开始司瑄并没有放在心上，只是后来，等他意识到的时候，两人的关系已经变得很微妙。

想到这里，司瑄更觉得头疼，摔坏了郑诃宇的贝斯，两人的关系只怕是雪上加霜。

郑诃宇一大早就出门了，也不知道什么时候回来。司瑄犹豫要不要先给他发个消息说一下这件事，但不知道该怎么措辞，便放弃了这个想法，准备等他回来再向他解释这件事。

司瑄将摔坏的贝斯摆在地上，拍了张照片发给一个乐器行的老板，问他这把能不能修好，然后把琴收好，继续收拾行李。

手机振动了两下，是乐器行老板回复的消息：能修。但没什么必要，这贝斯品质一般，与其花大价钱修，还不如买把新的。

司瑄回：能修就行。

02

暮色四合，校园里亮起星星点点的灯光。

司瑄的行李已经收拾妥当，正在逐一往楼下搬。隔壁宿舍的谢煜听到声音主动过来帮忙，其实没什么需要帮忙的地方。司瑄叫了搬家公司，对方实行“门到门”一条龙服务，但盛情难却，司瑄便挑了件轻的递给他。

在楼道里碰到外出归来的郑诃宇，谢煜扬起笑脸准备打招呼，对方却目不斜视地从他身边经过。

谢煜脸上的表情有些尴尬。

没想到会在楼道里碰到郑诃宇，司瑄有些意外，想到那把摔坏的贝斯，不知道该不该现在向郑诃宇解释。在他犹豫的间隙，郑诃宇已经迈了好几级台阶，到了另一层楼梯。

两人搬完一趟回到宿舍时，郑诃宇阴沉着脸坐在自己的位置上，看见司瑄推门进来面色不善地看着他，质问道：“你碰了我的贝斯？”

情况和司瑄预想的差不多，他解释道：“抱歉。拿行李箱的时候不小心碰倒了你的贝斯，我检查过，琴弦断了一根，琴身有一道裂痕。”

郑诃宇眼中的怒气渐盛：“所以？”

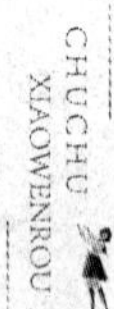

“我问了乐器行的老板，他说这把贝斯还能修，你如果不介意的话我把琴送去维修。作为赔偿，我给你买一把新的贝斯。或者，你有其他的要求也可以。”

一旁的谢煜还没完全搞清楚事情的来龙去脉，但也了解到大概，此刻只觉得空气中暗流涌动，两人视线交汇的那一刻似有火花四溅，火药味很浓。

“不必。”郑诃宇忽然轻笑一声，玩味地看着司瑄，“坏的贝斯我自己会修，新的贝斯我自己也可以买。但是你摔坏了我的贝斯，也总得付出相应的代价，对吧？”

司瑄目光平静地看着他：“你希望我怎么做？”

“很简单，你摔了我的贝斯，那我就砸你的琴，这样才公平。”

谢煜干笑着出来打圆场：“我觉得司瑄的建议就挺好的，既然是他摔了你的贝斯那就让他给你修，再赔你一把新的。俗话说得好，旧的不去新的不来！”

郑诃宇视线转向谢煜，问：“这事儿和你有关系吗？”

他语气里的讥讽让谢煜也起了火气，摆手道：“得，算我多管闲事。”

气氛降至冰点，司瑄缓缓道：“可以，你想砸哪一把？”

郑诃宇似笑非笑，视线落在司瑄的桌子上，道：“就那把小提琴吧。”

谢煜倒吸一口凉气，如果他没记错的话，司瑄的小提琴是意大利的斯特拉迪瓦里小提琴，价值百万，这还是保守估计。他还记得当时司瑄拿出这把琴时，教他们弦乐演奏的老师两眼放光，惊叹连连。

现在郑诃宇说要砸了这把琴，真是想想就肉疼，他忍不住开口阻止："哎——你这算暴殄天物！"

"是吗？因为他的琴是出自名师之手就更高贵，而我的琴来自不知名的小作坊所以活该被摔？"他虽然看着谢煜，但每一个字都是故意说给司瑄听的。

"可以。"司瑄把琴盒递给他，"一根琴弦，一道两厘米的裂痕。既然要公平，那你摔的时候可得好好掂量一下，不然这事儿没完没了的，我也很困扰。"

郑诃宇碰了颗软钉子，脸上的笑有些挂不住，他接过琴掂了掂："斯特拉迪瓦里小提琴，真砸出裂痕了也挺可惜的。这样吧，两根琴弦，怎么样？"

司瑄冷着脸道："你随意。"

最后郑诃宇剪断了两根琴弦，这件事算告一段落。

司瑄搬的房子在学校南门外，一室一厅的小户型，事先已经收拾妥当，可以直接拎包入住的那种。从学校搬来的行李还杂乱地堆在客厅里，小提琴的琴盒搁在茶几上，司瑄揭开盒盖，断了弦的小提琴安静地躺在盒子里，琴身散发着温润的光泽，能看得出年岁已久。

司瑄的外公齐思勉是名满世界的小提琴家，而司瑄之所以接触音乐爱上音乐选择走上音乐这条道路也是受外公影响。司瑄十六岁那年外公因为心脏病去世，将这把曾经陪他登上无数个舞台的小提琴留给了司瑄。

这是外公最珍视的小提琴，现在却被人故意剪断了两根琴弦。司瑄合上琴盖，陷入无限的自责与懊悔之中。

03

正值饭点，食堂人满为患，宁听端着餐盘艰难地在人群的缝隙中寻找空位。一米开外的一张餐桌上正好有人收拾东西准备离开，江沅拿胳膊肘拐了拐她，道："咱们就坐那儿吃吧。"

宁听应了声"好"，端着餐盘准备落座的时候发现凳子上落着一份作业。她放下餐盘四处张望了一下，见刚刚在这个位置上吃饭的人还没走远，来不及细看便拿着作业追了过去："同学，你的东西落在凳子上了。"

那人回过头似笑非笑地看了她一眼："不是我的。"

宁听疑惑地"啊"了一声，视线落在手里的作业上，这才发现封面上名字那一栏写的是司瑄。

"不好意思，是我认错人了。"

见宁听匆匆忙忙地跑远又匆匆忙忙地跑回来，江沅问："碰见熟人了？"

"不是，捡了份作业但认错了失主。"

"要不送到食堂的失物招领处去？"

"不用，失主我认识，是司瑄。"

江沅放下筷子，急切道："司瑄？快，快把校草学弟的作业给我瞻仰瞻仰！"

"这就是一份普通的毛概作业。"宁听把司瑄的作业递给她。

“校草的毛概作业怎么能用‘普通’来形容？”江沅翻开司瑎的作业“啧啧”惊叹道，“字如其人，果然没有说错。你看这字，运笔流畅笔锋凌厉，形散而意不散，就是王羲之见了也得赞一声‘perfect’！”

宁听颇为无语地看着她，诚恳道：“不至于，真的不至于。”

江沅停止发射彩虹气体，把作业递还给她：“所以你打算怎么把作业还给他？”

“发个短信让他自己来拿喽。”

江沅眯起眼睛，审视的目光锁定她：“你怎么会有校草学弟的手机号？”

宁听夹菜的手顿了一下，坦荡地对上她的目光：“上次我误领了他的快递，快递单上印着他的手机号。”

“你怎么会……”

“打住。”宁听制止了江沅的刨根问底，“我也不知道我为什么会领错他的快递，这你得去问驿站工作人员。”

江沅了然地点点头：“像这种说不清道不明像雾像雨又像风的经历，我们一般称之为‘缘分’。看来你和我们校草学弟缘分颇深，又是误领快递又是捡到作业的。”

宁听真诚发问：“缘分能帮我完成毕业设计吗？”

“怎么不可以！缘分是爱情的开端，爱情是灵感的源泉之一，而灵感能帮助你完成毕业设计，这可是个正向循环。”

没想到这也能被她圆回来，宁听语塞。

见宁听不接话，江沅继续问：“难道看完校草学弟的元旦表演

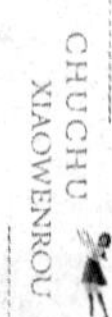

你还没被圈粉？”

宁听脑海中浮现司琣低头弹琴的样子，不得不承认，是有瞬间的心动。她又想到那些花花绿绿的杂志，莫名有些……幻想破灭的感觉？她明明记得他有一双干净清澈的眼睛，给人的感觉也是清冷皎洁不惹尘埃。

果然只是“看起来”而已，她咽下口中的米饭，道：“就那样吧，不过是比普通人稍微好看了那么一点点而已。”

“您可真严格。”江沅撇撇嘴，没再继续这个话题，开始抱怨鱼香肉丝里的肉丝太少。

吃完饭，宁听找到司琣的号码给他发信息：“我在食堂捡到了你的毛概作业，是你来找我拿，还是我给你放到食堂的失物招领处？”

等了几分钟没等到他的回复，宁听把他的作业塞进包里准备带走，顺便给司琣发消息：“作业我带走了，空了来找我拿。”

司琣看到信息已经是半小时后，去上课的路上，他翻了下记录才想起来这个陌生号码的主人是谁。

但他什么时候把毛概作业带去食堂过？不是写完就交给学习委员了吗？

司琣给学委李锶发消息确认，得知他的作业被人借走“参考”了。

破案了。

他给宁听回消息：“我正要去二教上课，下课了联系你，谢谢。”

宁听正好等会儿要去找顺顺聊毕业设计，艺设大楼就在二教旁边，她回：“好的，二教楼下见。”

04

宁听和顺顺聊完毕业设计后，见时间还早便准备去画室看看，顺便等司琣下课。

在走廊上，她被系主任喊住："宁听啊，赶巧在这儿碰见你，跟我来一趟，正好有件事儿要找你。"

尽管已经临近毕业，但突然被老师通知"来我办公室一趟"，宁听的下意识反应仍然是：我最近是不是犯什么错了？

天天图书馆宿舍两点一线能犯什么错？难道是好不容易想出来的毕业设计选题又出了什么问题？

宁听紧张得恨不得挠墙，在毕业设计面前她这颗心脆弱得不堪一击。幸好系主任也没和她卖关子，先是问她实习工作找得怎么样，随后直接递给她一份宣传册，问："你知道星锐吗？"

学设计的还有谁不知道星锐吗？宁听诚实地点点头："知道的，原本想往星锐投简历的，但他们好像不招实习生。"

系主任笑了笑，抿了口茶示意她看看手上的宣传册。

是星锐的宣传册，宁听随意地翻了翻，大部分内容她都在星锐官网上看到过，实在揣测不透系主任的用意，只能狗腿又不失诚恳地感慨道："唉，要是能去星锐实习就好了。"

"哦？"系主任放下茶杯，饶有兴趣地看着她，"你就这么想去星锐实习？"

其实也没有很想去，听在星锐工作的学姐说过，星锐的设计师都自视甚高，并且拥有一条完整的鄙视链：名校毕业的鄙视普通学校毕业的，海外镀过金的鄙视国内名校毕业的，参加国际比赛获过奖的鄙视海外镀过金的。总之大家都恨不得把“我才是全星锐最厉害的设计师”这几个字写在脸上，企业文化是“阴阳怪气”，同事间互撕是常态，她还是更向往轻松和谐一点的工作氛围。

她心里是这么想的，嘴上却是另一番说法：“当然了，星锐这么大的平台，肯定能学到很多东西，可惜他们不招实习生。”

“谁说的？”系主任又递给她一份文件，“星锐今年新推出的‘新星计划’，和国内外的知名学校合作，推荐优秀应届毕业生到星锐设计部实习，为期三个月。三个月内要提交一份作品参加最后的评比，前三名直接转正。我们学校有两个推荐名额，院领导开会决定推荐你和丁砀。”

宁听愣愣地看着系主任，似乎是在消化这个突如其来的消息。

“怎么，高兴坏了？”

宁听挤出一个干巴巴的笑：“有点突然。”

“不突然，星锐的负责人一个月前就联系过院长协商这件事，不过最终方案这两天才定下来。”

宁听问：“这个作品是指毕业设计，还是毕业设计之外的其他作品？”

“毕业设计之外的作品。”系主任顿了顿，“同时准备毕业设计和实习作品确实会很辛苦，能看出来你很珍惜这个机会，但是也不要给自己太大压力，我相信你一定没问题。”

同时准备两个作品对她来说确实是不小的挑战，但是能进星锐实习无疑是一件锦上添花的事情，也是难得的人生经验。

那就试一下吧。

“谢谢老师，我会好好准备的。”

系主任递给她一沓资料:“这些表你拿回去填好，再做一份简历，这周五之前一起交到我的办公室。”

从系主任办公室出来恰好下课铃声响起，宁听给司瑄发消息：“我在靠艺设大楼这边的侧门等你。”

“好。”

艺设大楼到二教侧门只需要过一条马路，宁听先到，她站在门口给司瑄发消息：“我已经到了，你出门就能看见我。”

直到上课铃声再次响起也没等来司瑄，手机也没有提示有新的消息进来，路上只剩下她一个人被冷风吹得直哆嗦。

这人能不能有点时间观念?

宁听给司瑄打电话，“嘟”声刚响起便被挂断，下一秒司瑄便出现在门口：“抱歉，老师有些拖堂。”

等了这么久，宁听原本是有些不高兴的，此刻听司瑄这么说不满的情绪也消散了大半，她从包里翻出作业递给他，嘟囔道：“那你好歹也给我发消息说一声呀。”

江城的冬天很冷，是那种湿气浸入骨髓的寒冷，宁听穿得很厚，围巾遮住了小半张脸，在冷风中等了司瑄二十分钟，露在外面的鼻尖和脸蛋被冷风染上一层薄红。

一丝歉疚爬上司瑄的心头。

“抱歉。”他接过作业，顿了顿道，“谢谢。”

宁听摆了摆手，留给他一个洒脱的背影。

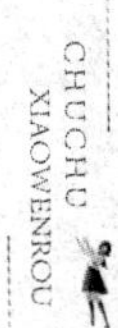

05

“李锶刚问我司瑄的作业什么时候能还回去……”

听见司瑄的名字，宁听下意识地回头看了眼，是中午在食堂遇到的那两个男生。听他们的谈话中提到司瑄的作业，出于好奇她偷偷把耳朵竖了起来。

“你怎么说的？”

“我就说还没有用完，司瑄迟早知道作业是被我拿走的，到时候怎么说，直接撕破脸？”

“已经撕破脸了。”

“也是，他砸了你的贝斯，你不过是扔了他的作业，怎么想都是他赚了。”

宁听脑海中有一条线串了起来，原来作业不是司瑄自己粗心大意落在食堂的，是身后那两个男生通过第三人借走了他的作业还故意落在食堂。

听起来这两个男生好像是和司瑄有什么过节儿，所以故意在背后给他使绊子。

逻辑上是合理的，宁听给自己的推理打了满分。

怎么说呢，男孩子小心眼起来也是很可怕的。这两人一看就没有做坏事的经验，直接扔垃圾桶不是更神不知鬼不觉？非得落在食堂这样人多的地方，还偏偏被她这个活雷锋捡到，更巧的是她还有失主的联系方式。

还是那句话，缘分妙不可言。

就“要不要告诉司瑄这个消息”宁听展开了一场自我辩论。

正方：当然要告诉他啦！首先，学弟有知道真相的权利；其次，学弟长得很帅；最后，这个暂时没想到。

反方：对方辩友第二点过于肤浅，我方认为不成立。接下来论述我方看法：第一，你和学弟并不熟；第二，你只是听见这两人的对话，先不讨论是不是你听错了，就算事实就是你推理的那样，你有证据吗？有没有可能学弟反而认为你是在搬弄是非借机接近他？

综上所述，我方认为你不应该告诉他这个消息。

有理有据，条理分明，她犹豫了一秒果断采纳了反方的建议。

宁听回到宿舍，推开门第一眼看到的是一张倒吊在空中还翻着白眼的脸，吓得差一点儿就原地升天。

江沅的床铺靠近宿舍门，此刻她人躺在床上，肩膀以上的部分就这样倒吊在半空中，属实惊悚。

从惊吓中缓过神来，宁听拍了拍怦怦直跳的心脏，没好气道：“这样睡觉会比较舒服？”

“我关注的一个养生公众号说大脑在充血状态人的思维会更活跃。”

江沅是养生达人，最大的爱好是观看一档名为《中医大讲堂》的养生节目，还关注了一大堆养生公众号，乐此不疲地尝试各种在别人看来不太正常的养生方法，比如现在的“倒吊式养生”。

“你晚上少看几集电视剧早点睡思维会更活跃。”宁听习惯了江沅的无厘头，开了电脑准备写开题报告。

可能是倒吊久了有点缺氧，江沅翻身坐起来，问：“顺顺怎么说？

你的毕业设计选题定了吗？”

“定了，他让我先写开题报告。”电脑上微信的图标不停闪烁，宁听点开，是丁砀给她发的消息：你要去星锐实习？

不听不听：是啊，系主任刚和我说了这件事。你去吗？

丁砀：没想好。

不听不听：那你好好想想。

丁砀：不打算说服我和你一块儿去？

不听不听：你要是不想去把机会让给别人也挺好，善事一桩，抵消一点儿你这些年欠下的感情债。

丁砀：我偏不。晚上一起吃饭？我需要心理疏导。

不听不听：没空。

丁砀：真的，我失恋了。

不听不听：你不是上个月才失恋过？

丁砀：上个月是上个月的失恋，这个月是这个月的失恋，人总不能吊死在一棵树上吧？

宁听：……

丁砀是艺设学院出了名的花花公子，也是江沅的高中同学，两人同窗多年又一起考进江大，关系还算不错。

再加上留在榕城念大学的叶梨，三人当年在榕城一中兴风作浪，是至今都被教导主任拿出来说的反面教材。

06

入夜之后，气温降到零度以下，琴房的暖气开得很足，玻璃窗上起了一层朦胧的白雾。音乐学院大楼每晚十点锁门，司瑄看了眼时间，快十点了，他收拾好东西准备离开。

下楼时，他刚好碰见上楼的郑诃宇，在楼梯拐角的地方，也不知是有意还是无意，对方不轻不重地撞了他一下。

“喂。”司瑄摘下耳机，声音平淡，不带任何情绪。

郑诃宇扭头，居高临下地看着他：“有事？”

晦暗不明的光落在司瑄脸上，使他多了几分神秘的压迫感，他迎着郑诃宇的视线：“我以为，你这人实力虽然在及格线以下，但至少人品是能勉强够到及格线的。”

完全意料之外的话，郑诃宇的错愕都写在脸上：“你什么意思？”

“我的意思是，你的人品和你的实力一样垃圾。”司瑄用一种怜悯的目光看着郑诃宇，仿佛他是一条微不足道又卑劣的可怜虫。

郑诃宇是自尊心极强的人，所以司瑄的态度成功地激怒了他，身体比大脑先做出反应，他直接隔着栏杆揪住司瑄的衣领，咬牙切齿道：“你再说一遍。”

司瑄双手抄兜，神色平静，淡淡地反问：“这句话很难理解？”他握住郑诃宇的手腕，对方因为吃痛松开了他的衣领，他也松开郑诃宇的手腕，又若无其事地把手抄回兜里。

他越是淡然，郑诃宇就越是愤怒，垂在身侧的拳头因为用力暴起青筋。

“我这人最讨厌麻烦，鉴于你最近一而再再而三地找我的麻烦，有些话我不得不一次性和你讲清楚。”司瑄不理会郑诃宇紧绷着的神经和即将压过理智的愤怒，自顾自道，“我摔了你的贝斯，你剪

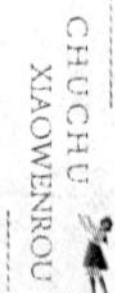

了我的琴弦，我以为这件事我们已经两清。但你让何璨从李锶那里借走我的作业又故意丢在食堂，这笔账应该怎么算？”

郑诃宇似乎从愤怒中回过神来，又恢复了那副似笑非笑的表情：“那你走后门抢走我们乐队的元旦晚会表演名额，这笔账又应该怎么算？”

司瑄轻笑：“你们乐队的表演名额？我记得你们的节目不是连初审都没过吗？”他叹气，语气里嘲讽的意味更浓，“你们想在元旦晚会表演的那首歌，主歌和副歌都很突兀，副歌一直重复却没有递进，所以显得冗长且没有记忆点。一首三分钟的歌，融合了赛博朋克和民乐，整体风格杂乱且不和谐。理解你想要创新的初衷，但想要跑之前至少要先学会走吧。”

最近天冷，晚上练琴的人很少，所以整栋大楼都很安静，司瑄的声音不大却足够让郑诃宇听清楚。郑诃宇脸上的表情十分精彩，从一开始的愕然到愤怒，再到现在的难堪。

“你懂什么。”郑诃宇悄悄地挺直了背，尽量让自己看起来没那么狼狈。

“我确实不懂，曾老师也不懂，相信大多数人都不懂，所以这才是你的节目被刷掉的原因。为了追求所谓的独特音乐风格而强行把各种风格杂糅在一块，导致整首歌怪异且不和谐。这些话我上次去办公室也听到曾老师对你说过，但你似乎并没有听进去，你只觉得是我们这些俗人不懂。”

能以综合排名第二的成绩考进江大音乐学院，郑诃宇的实力其实并不差，但他似乎太急着证明自己，又听不进任何人的建议。就像武侠小说里的大反派，为了证明自己而修习邪门歪道最终走火入魔。

每个人都有专属于自己的故事剧本，或许在郑诃宇的剧本里，他也是一个自以为是的大反派。

果然，主角郑诃宇对反派司瑄说："很多流行音乐在流行起来之前也是不被大多数人接受的小众音乐，总有些像你这样自以为专业的人将这些音乐批判得一无是处，仿佛它们就不该存在这世界上，但结果呢？"

司瑄并不打算继续和郑诃宇聊下去，他今天说得已经够多了，说那些话的目的不是为了叫醒郑诃宇，只是为了告诉郑诃宇：别惹我，我可不是什么软柿子。

"其实也不算一无是处，至少你挺勇敢的。"

直到司瑄的背影消失在楼梯的拐角处，郑诃宇才反应过来他这句话的意思，你挺勇敢的——这种垃圾也好意思拿出来丢人现眼。

正所谓无知者无畏，他以前怎么没发现这人嘴巴这么毒？

07

博学堂每周五晚上都会放电影，风格不定，从文艺片到喜剧片，偶尔还会放纪录片。

从大一开始，宁听每周五只要有时间都会去博学堂看电影。其实博学堂放的大部分电影她自己在宿舍也能看，但在宿舍就少了那种氛围。

这周要放的电影是《大话西游之大圣娶亲》，宁听是周星驰的死忠粉，他的每部电影她都看了不下十遍。这段时间因为毕业设计的压力她已经很长时间没有去看过电影，正好现在毕业设计选题定了，她的压力暂时告一段落，于是决定去放松一下。

周五的博学堂，是情侣们秀恩爱的天堂。

所以江沅不是很理解宁听作为一条资深单身狗为什么会对去博学堂吃狗粮这件事这么乐此不疲。

对此，当事人表示：高清大屏，立体混响，一分钱不花，要啥自行车啊？

去博学堂看电影不用买票，不用预约，所以座位自然是先到先得。电影七点开始放映，宁听出门的时候耽搁了一会儿，等她拎着一杯奶茶赶到的时候，电影已经开始放映。

“如果不能和我喜欢的人在一起的话，就算让我做玉皇大帝我也不会开心哪。”宁听推开门正好听到这一句，还是那个熟悉的紫霞仙子。怕打扰到大家看电影，她猫着腰就近找了个位置坐下。

博学堂时不时响起阵阵笑声，宁听也在其中。她的笑点一直很低，所以即便是剧情和笑点都已经烂熟于心，她还是笑出了鹅叫声。

“鹅鹅鹅鹅鹅鹅鹅鹅鹅咳咳咳……”她笑着笑着，就呛到了，被自己的口水呛到……

宁听捂着嘴咳得十分隐忍，憋红了脸。

身旁响起悉悉窣窣的声音，有人递过来一张纸巾，宁听顺手接过，平复之后准备道谢，这才发现刚刚给她递纸巾的人是司瑨。

他身体微微后仰靠在椅背上，此刻正看着前方的屏幕，笑点来袭，他轻笑一声嘴角微微翘起，和宁听“鹅鹅鹅”的笑声比起来要含蓄得多。光线昏暗，宁听看着他侧脸的轮廓有片刻的失神，欣赏美是人的本能。

刚咳过的嗓子还有些哑，她压低声音道："谢谢。"

司瑄偏头看了她一眼，或许是因为咳嗽的原因，她的眼睛里还泛着水光，很亮。他收回视线淡淡道："不用谢。"

电影还在继续，宁听却有些心不在焉，为她刚才片刻的失神。

她刚刚，是对着小学弟这张脸犯花痴了？

最后一句台词响起："他好像条狗啊。"画面定格在孙悟空扛着金箍棒走远的背影。

陆陆续续有人起身往外走，大家都在讨论刚刚的剧情。

"这就是部披着喜剧皮的悲剧电影。"

"再看一遍还是觉得至尊宝好可怜。"

宁听和司瑄一前一后地往外走，宁听喝完最后一口奶茶顺手把空杯子扔进路边的垃圾桶。博学堂的门正对着篮球场，因这两天气温骤降，球场上空荡荡的，少了那些青春热血的身影。

有北风顺着空阔的球场兜头吹过来，宁听瑟缩着脖子，拢了拢围巾。司瑄腿长，三两步就越过了她。路灯将他的影子拉长，或许是环境映衬，宁听莫名觉得他的背影看起来有些落寞。

联想到司瑄之前故意被人扔在食堂的毛概作业，心念一动，宁听喊住他："哎——"只是希望他知道实情，不要像傻子一样被蒙在鼓里。

她简明扼要地复述了一遍上次在路上偶然听到的对话，末了总结道："所以我觉得，你的毛概作业应该是他们故意落在食堂的。"

司瑄微不可闻地“嗯”了一声，事实和他猜测的差不多，所以他的反应和情绪都很平淡，只是没想到宁听会和他说这些。

可他平淡的反应落在宁听眼里却是另一番解读——学弟肯定是难过了，换作是谁知道这样的事心里都不会好受，我要不要安慰一下他？

“你有什么讨厌的食物吗？”

这话题是不是转得过于生硬？司瑄还没想好怎么回答，听宁听又问了一句：“你喜欢吃榴梿吗？”

“不喜欢。”

“所以你觉得你不喜欢吃榴梿是榴梿的错吗？”

这话题跨度堪比德雷克海峡，司瑄彻底接不上话。

“当然不是榴梿的错啦！”宁听说着竟然还像模像样地拍了拍他的肩膀。

司瑄怔了一瞬，忽然明白了她的意思。

——你不喜欢榴梿不是榴梿的错，所以那些人不喜欢你也不是你的错。

第三章
被迫约会

01

司瑄给靳远洲发消息：“欠了人情，应该怎么还？”

靳远洲收到消息直接打了个电话过来，一副看热闹不嫌事大的语气，调侃道：“哟？我们瑄瑄也有欠人情的一天？人情世故里的学问可大着呢，首先我得知道你欠谁的人情？”

“你不认识。”

“哦？”靳远洲拖长了声调，揶揄道，“你介绍一下，我不就认识了？”

“没有必要。”

靳远洲噎了一下，随即不满道：“能不能端正一下你的态度，现在是你有求于我。”

“我也可以问别人。”司瑨说着就要挂电话。

“哎哎——”靳远洲麻溜地给自己搬了把梯子顺着台阶下，“这种事当然是问我最靠谱，我可以从 plan A 一直给您提供到 plan Z，总有一种方案适合您。”

“先说说 plan A。”

“嗯……这个嘛，因为针对不同性别不同年龄段以及不同情况下欠下的人情，对应的解决方法也是不一样的，所以我能不能先知道你欠人情的这个对象的性别呢？”靳远洲瞬间卑微了许多。

“是个女生。”

得到了关键信息，靳远洲心中暗喜，司瑨一向是吃软不吃硬的。

“是女生啊，那这个也分很多种情况，接下来我需要知道你和这个女生的关系，以及你是因为什么事欠了人家人情。”

“你问得是不是太多了？”

套话事业再遭滑铁卢，靳远洲深知司瑨的耐心快要耗尽，很干脆地给出了建议：“送礼物或者请吃饭咯。”

“送礼物？”

“嗯哼。不过挑礼物也是一门学问，具体送什么得视你们之间的关系而定。当然，你也可以事先了解一下她喜欢什么，再投其所好。”

司瑨沉吟了一会儿，觉得送礼物实在有些麻烦，决定选第二种方案，请她吃饭。

“好的，我知道了。”他说完干脆地挂了电话，不再给靳远洲啰唆的机会。

决定要还宁听的人情，其实也是一瞬间的念头。

如果说上次杂志的事情是阴错阳差，那这次作业的事情，他确实是欠了她很大的人情。

想到宁听独树一帜安慰人的方式，司瑨轻笑出声，“不是榴梿的错”，她怎么能有这么多歪理？但他也的的确确有被安慰到。

可是，贸然提出要请她吃饭是不是有点奇怪？

司瑨正兀自纠结，手机振动了两下，靳远洲给他发过来两条消息：

“还有第三种方法。”

“你以身相许。”

还配了一个坏笑的表情。

司瑨懒得搭理靳远洲，放下手机准备去练会儿琴。等他练完琴已经快要十一点，司瑨想了想翻出宁听的号码给她发了条消息：“这周六有空吗，一起吃饭吧。”

对方几乎是秒回：“好啊。”

还挺意外的，司瑨一度怀疑他是不是误把消息发给了靳远洲。

02

或许，短信可以撤回吗？

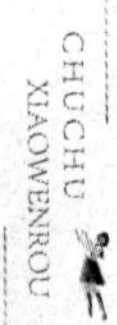

宁听盯着短信界面愣了一小会儿，又往上翻了翻信息记录，确定给她发信息说一起吃饭的人是司瑨。

她还顺手回了“好啊”，真的就只是顺手，要怪就只能怪她手速快过大脑运转的速度。

司瑨给她发短信约她周末一块儿吃饭？宁听摸着下巴理性分析了一下，大概有以下两种可能：

第一，他发错人了。

第二，他对自己图谋不轨。

鉴于第二种情况发生的概率约等于0.00001％，宁听得出结论，司瑨纯粹是手误发错人了。

所以她又发过去一条消息：“你是不是发错人啦？我是宁听。”

“没有。”

没有？她迷茫地抬起头，又迷茫地看了眼旁边正在练太极的江沅，诚恳道：“你脸上有只蚊子。”

“哪儿？哪边脸？”江沅挤眉弄眼的，说话都不敢太大声，生怕惊动了蚊子。

“左边脸。”

“啪——”江沅低头看了看手心，蚊子呢？

等等，这大冬天的，哪来的蚊子？

反应过来后，她双手叉腰，瞪着宁听：“你又骗我！”

宁听关切地看着她：“疼吗？”

“当然！”

“哦，那看来我不是在做梦。”

江沅撸起袖子恶狠狠道：“等被我揍一顿你就知道自己是不是在做梦了！”

宁听赶在江沅的魔爪落下来之前举起手机，将屏幕对着江沅：“司瑄说要请我吃饭。”

“谁？”

“司瑄。”

看清楚屏幕上的信息内容后，江沅脸上的表情瞬息万变，最终定格在“八卦”上，笑得一脸暧昧，问：“学弟该不是想泡你吧？”

宁听收回手机，耸了耸肩道：“我又不是方便面。”

头顶一排乌鸦飞过，江沅肩膀一垮，一边翻着白眼，一边用台湾腔说：“你的冷笑话就真的超冷耶。”

“反正，我肯定不是他喜欢的类型。”

“你怎么知道？万一学弟就是喜欢成熟稳重的学姐呢！”说完，她觉得宁听似乎和“成熟稳重”这四个字搭不上边，顿了顿，道，“后半句我撤回，重新说。万一学弟就是喜欢你这种不着调的学姐呢！”

宁听脑海里瞬间浮现那一堆花花绿绿的杂志封面，下意识地低头看了看自己的胸口，挺直脊背辩驳道：“反正我就是知道。”

“那你说说他为什么要请你吃饭？”

宁听认真地思考了一会儿，犹豫地说出自己的猜测：“是不是因为我捡到了他的毛概作业？”

江沅噎住，她们家听宝，哪里都好，就是对待感情不开窍。

大一的时候有学长追她，雷打不动地每天早上六点半给她打电话喊她起床上早自习。

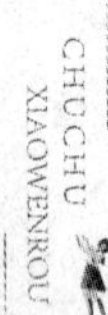

大概坚持了一个星期，后来学长不再当人形闹钟是因为宁听十分认真地问他：“学长你是不是对我有什么意见啊？如果有的话，你可以直接跟我说的，虽然我不一定会改。”

学长满头问号，干笑道：“没有啊，你怎么会这么想？”

宁听越说越气愤：“那你为什么每天早上都要给我打骚扰电话？”

学长震惊疑惑还有点难堪：“骚扰电话？我这不是怕你睡过头特意给你打电话提醒你上早自习吗？”

宁听长叹一口气，问：“你知不知道手机有闹钟功能啊？”那表情仿佛在看一个傻子。

学长受不了这侮辱，甩袖离去，从此再也没在宁听面前出现过。

还有一次，大概是大二的时候。她们宿舍四个人一块儿散步，路上有个男孩子喊住宁听：“同学你好，我能加一下你的微信吗？”

刚直不阿的宁听同学再次诚恳发问：“啊？为什么？”

这个男孩子愣是红着脸磕磕巴巴地编了个理由：“我们几个朋友建了个英语四六级学习群，可以互相鼓励一起备考四六级的那种，”说完小心翼翼地问宁听，“你要加入吗？”

宁听：“可是我已经过了六级哎。”然后扭头认真地询问其他舍友的意见，“听起来挺不错的，你们想加入吗？”

江沅眼瞅着那个男孩的脸色由红变青，由青变白，太残忍了，真的。她都想直接捂住宁听的嘴把她拖走，求宁听别再说话了，好歹给人留条活路。

后来等那个男孩子走远，江沅问她：“你看不出来人家就是想加你微信，然后撩你吗？”

宁听眨巴着大眼睛：“看不出来，那他为什么不直说，还要编什么四六级学习群的借口？”

那还不是因为你直击灵魂的发问？

“直说也很奇怪吧？你试想一下路上碰到一个男孩子上来就说：‘同学，能加一下你的微信吗？我想撩你。’你肯定会觉得人家有病吧。再说了，直说你就会给吗？”

“不会。都不认识上来就要微信，太不靠谱了。”

江沅扶额：“那你也得给人家认识你的机会啊。”

总之，大学四年，这种事情数不胜数。

眼看就要大学毕业了，江沅是真的很想宁听赶上末班车，来一场轰轰烈烈刻骨铭心的校园恋爱。

没有机会创造机会也要恋！

03

现在机会来了，江沅经过多方位的考察再结合理性分析，觉得司瑄是能配得上她们家听宝的人。

两人都有颜有才华，哪哪都登对。年龄也特别般配，不是有句俗话叫“女大三抱金砖”吗？

况且，最最重要的一点，两人有缘分啊！为什么偏偏是宁听捡到司瑄的毛概作业呢？这是月老在给两人牵红线啊！

月老已经完成了任务，接下来就轮到她爱神江·丘比特·沅闪亮登场了！

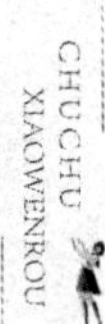

江沅心中的如意算盘打得叮当响，回过神来见宁听正在编辑短信，心中忽然警铃大作，问："你在干吗？"

宁听头也不抬，道："我在想怎么婉拒他比较好，捡到他的作业纯属偶然，这顿饭吃了会良心痛。"

"不行！"江沅一把夺过她的手机，然后飞奔向卫生间锁上门，整套动作行云流水一气呵成，在里头扯着嗓子喊，"我不能让你拒绝学弟的约会邀请！"

宁听无奈道："这不是约会邀请吧？大概率是他想感谢我捡到并送还了他的毛概作业，请我吃顿饭聊表谢意。"

"怎么不算？'这周六有空吗，一起吃饭吧。'"江沅字正腔圆地将这条短信念了一遍，"你品，你细品，这不是约会邀请是什么？他有提到毛概作业半个字吗？明明是你会错意！"

好像也有点道理？但宁听只动摇了一秒立刻又坚定了自己的想法："是你想太多，快点出来把手机还我。"

"我不！这顿饭你必须吃！"江沅删掉宁听编辑到一半的信息，重新打字"好的，那我们周六见"，编辑完，她又觉得这样显得宁听太不矜持，又换成"好的，周六见"。

"学弟，学姐已经帮你通过了第一关，剩下的靠你自己努力哦。"江沅用脑电波单向和司瑨交流了一番，也不知道对方有没有收到她的信号。她推门出来，被倚在门口的宁听吓了一大跳，刚刚还"力拔山兮气盖世"下一秒立刻认怂，双手送上手机，笑得心虚又谄媚。

"宁总，刚刚帮您预约好了这周六的晚餐，提前预祝您周末愉快噢。"

宁听接过手机翻了下信息记录，认命地自我安慰，算了，不就是一顿饭嘛。

江沅见宁听反应还算平静，刚刚弯下去的脊背瞬间又挺直了，苦口婆心地劝道："你要主动点你和学弟之间才会有故事。"

"确定不是事故？"宁听仔细回想了一下，她和司瑄为数不多的几次交集好像都伴随着大大小小的"事故"。

"管他是故事还是事故，总之有碰撞才会有火花，有火花才能点燃爱，唔……"

宁听直接伸手覆在江沅脸上，脸上明明白白写着"你可快住嘴吧"，还顺手在她身上擦了擦手，嫌弃道："道理你都懂，所以你什么时候能顺利脱单？"

江沅瞬间收声。

宁听这一刀既稳又准还狠，径直捅向她的心窝。

同为单身狗，谁又比谁高贵呢？

算了，这不重要。宁听脱单就相当于她脱单。

想到这里，江沅又乐观了起来，兴冲冲地跑去宿舍群分享八卦。

她们宿舍群聊名称叫"脱单研究协会"，研究四年了也没研究出个 ABCD 来。

是沅不是圆：号外号外！有学弟约听宝这周六一起吃饭！

"听宝"是宿舍其他三个人对宁听的爱称，因为她年纪最小，又长得人畜无害。

摇摇乐：贵社报道质量日益下降啊。什么时候有学弟约听宝吃饭这种小事也能算得上新闻了？

“摇摇乐”是宁听的舍友杨心珧。她们宿舍是混合宿舍，除了江沅和宁听是艺设学院的，另外两个舍友，杨心珧是法学院的，林意意是外国语学院的，同级不同院。

杨心珧已经找好了实习工作，律所离学校比较远，所以她在律所附近租了房子搬出去住。

而林意意，最后一门考试结束便买了机票飞去热带的岛屿游泳，天天在朋友圈晒阳光沙滩比基尼，潇洒似神仙。

宿舍只剩下宁听和江沅相依为命。

江沅正要打字反驳杨心珧，聊天界面突然跳出来一张照片，是一个穿着白衬衣背影清瘦的男孩子，紧接着是林意意发的消息。

莫挨老子：新目标，祝我成功。

是沅不是圆：昨天那个呢？这么快就换目标了？

莫挨老子：昨天那个太主动了，我还是喜欢含蓄的，比如这个白衬衣。

摇摇乐：嗯？你昨天可不是这么说的？

莫挨老子：人都是喜新厌旧的，尤其是我这种人。

是沅不是圆：大家跑题啦。没有人对我刚刚说的消息感兴趣吗？

莫挨老子：我感兴趣。首先，学弟帅吗？

江沅的目的达到了，她卖了个关子：@不听不听，你们可以问当事人。

莫挨老子：@不听不听，出来解释。

群里讨论得热火朝天，但当事人宁听一直没冒泡，江沅伸头看了眼，见她正在认真画图。

是沉不是圆：当事人正在忙，由我代为解释吧，说出来你们也不要太惊讶哦。

是沉不是圆：请听宝吃饭的学弟是司瑄!

莫挨老子：司瑄？我的手机是2G网了？

摇摇乐：是上次元旦晚会钢琴弹唱的那个学弟?

是沉不是圆：嗯哼。

紧接着她们宿舍群炸了一拨，宁听忙完看了眼手机，微信提示99+的消息，她点进去匆匆爬了下楼，解释道：你们别听江沉胡说。

怎么说呢，这个解释听起来就很没有说服力，反而有种“犹抱琵琶半遮面”的欲拒还迎欲说还休。

04

周五晚上，宁听收到司瑄的消息：“明晚7:00Auraro见，可以吗？”

宁听扫了一眼，Auraro大概是个餐厅的名字，她回：“可以。”

回完消息，她便把这件事抛在脑后，直到晚上睡前在宿舍群闲聊，林意意问她和司瑄约在哪里吃饭。

不听不听：Auraro，我还不知道在哪儿，明天出门前得先查查地图。

莫挨老子：Auraro？学弟约你在Auraro吃饭?

不听不听：是啊……怎么了?

莫挨老子：我现在更加坚信江沉的猜测，学弟想追你。

不听不听：敢问壮士何出此言?

林意意发了一大堆 Auraro 餐厅的介绍，宁听点开图片看了下，对这家餐厅有了大概的了解。

“法国餐厅”“约会圣地”“贵”。

宁听最关注的是这个“贵”，会不会太破费了？

就在她思考要不要向司瑨提议换一家餐厅的时候，宿舍群内又围绕“Auraro”展开了新一轮的讨论。

是沅不是圆：如果只是为了感谢听宝捡到他的毛概作业没必要约在这么贵的法国餐厅吧？

莫挨老子：这家餐厅之所以被称为“约会圣地”就是因为它开在临江大厦顶层，类似玻璃房的设计，抬头能看到星空，低头俯瞰江城夜色，再配上烛光晚餐，想想都觉得浪漫！

摇摇乐：学弟很会嘛。我们听宝这么单纯不会被骗色吧？

莫挨老子：讲道理，就算是被骗色，我觉得听宝也稳赚不赔。

因为两人吃饭的地点定在 Auraro，所以原本对“司瑨想追宁听”这件事半信半疑的林意意和杨心珧现在都坚定不移地相信司瑨就是对宁听有想法。

然而事实是，定在 Auraro 吃饭，是靳远洲的建议。

“环境雅致，菜色精致，风景也不错。”这是靳远洲传递给司瑨的信息，他甚至还贴心地打越洋电话帮司瑨预订了餐位。

“我们瑨瑨第一次请女生吃饭可不能丢了面子。”这是靳远洲原话。

而司瑨对此毫不知情。

宁听自己在网上搜了下 Auraro 餐厅，和林意意发给她的信息差不多，她大概看了眼菜单，贵得离谱。

她没吃过法餐所以对法餐也没什么了解，她原本以为司瑨说的一起吃饭就是在学校附近随便找个地方吃顿饭，可他现在定的这个地方好像一点也不随便。

纠结了许久，宁听还是给司瑨发了条消息："Auraro 好像离学校挺远的，我们要不要找个离学校近点的地方吃饭？这样比较方便。"

司瑨："不是很远，可以打车过去。"

他是没看出来她的暗示吗？远不是重点，贵才是！梯子都给他搬到脚下了，他竟然还不下来？

"听宝，"江沅从床帘里探出半个脑袋，"意意说这家餐厅都是要提前预订的，餐位费很高的哦，所以你明天一定要打扮得美美的去赴约哦，不能辜负学弟的一片心意。"

意思是即便现在临时更换地点也没用了？因为他的钱已经花出去了？

"好的。"宁听回了消息便把手机扔在一旁，不由自主地长叹一声。

她现在的心情十分沉重，这顿饭还没吃进肚子她已经有些消化不良了。

另一边靳远洲也在远程指导司瑨："明天吃饭可以适当穿得正式一些，不要再随意套个卫衣羽绒服就出门了，你这样会让人家觉得你不重视。"

"知道了。"

靳远洲事无巨细地叮嘱了司瑄半天，司瑄一个字也没听进去，或者说一个字也没放在心上。

不就是吃顿饭吗？

05

如何快速化解尴尬？

——有更尴尬的事情发生。

宁听看着司瑄白色羽绒服上沾染着的大块污渍，出神的瞬间想到了这句话。

出发去吃饭前，两人约在学校南门会合，宁听到得比较早，在等司瑄的间隙禁不住诱惑在路边摊上买了一个烤红薯，吃到一半司瑄来了，他约的车也到了。

因为刚刚司机急刹车，受惯性影响宁听整个人直接被甩到司瑄怀里，手里吃到一半的烤红薯直接被她糊到了司瑄身上。

如果司机刚刚没有急刹车，如果她坐得稳一点没有扑到司瑄怀里，如果她狠下心在上车前把吃到一半的烤红薯扔进垃圾桶，如果她没有嘴馋非要买个烤红薯。

可惜没有如果。

车已经停稳，宁听第一时间从司瑄身上弹起来，坐得那叫一个端庄优雅。司机扭头问后座上的两个人：“你俩没事吧？不知道从哪里蹿出来一条狗，差点就撞上了。”

“没事。”司瑄还算镇定的声音在她头顶响起。

宁听在心里小声反驳：不，你的衣服有事。

见她没有答话，司机又追问了一遍：“姑娘，你没事吧？”

宁听正暗自懊悔，闻言含糊地答了一声“没事”。

司瑄好像还没发现自己的衣服脏了，宁听在纠结怎么措辞告诉他这件事，扭头正对上司瑄沉静似水的眼睛，大脑又有瞬间的空白，下意识地脱口而出：“你的衣服被我弄脏了，”心虚地瞟了他一眼，嗫嚅地道歉，“对不起啊。”

司瑄低头看见衣摆上的污渍，很平静地从口袋里掏出纸巾清理，淡淡道：“没关系。”

宁听也不知道他是真没关系还是假没关系，但她准备就坡下驴，顺势翻篇。

因为她认识司瑄身上这件衣服，国际知名高奢品牌冬季主打款，限量发售，胸口闪闪发光的商标刚刚差点晃瞎她的眼睛。

所以她刚刚才忐忑又懊悔，她弄脏的可不是一件普通羽绒服，而是厚厚一沓钞票。

短暂的插曲过后，车厢内又安静下来，刚刚因为突发状况而消散的尴尬感又慢慢聚拢回来。

严格来讲，她和司瑄其实还算是“陌生人”，和司瑄有关的大部分信息她都是从第三人那里得知，而他大概对她一无所知。

她不是那种自来熟的性格，也并不擅长交际，和陌生人待在同一个空间难免会尴尬，因为不自在她的神经一直紧绷着。

要么通过尬聊慢慢化解尴尬，要么假装不尴尬。

宁听和司瑄都默契地选择了第二种。

司瑄正闭目养神，宁听百无聊赖地看了会儿窗外。正值晚高峰，

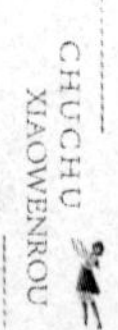

市中心堵车堵得厉害，车子走走停停正以龟速前进。

司机一边吐槽交通状况，一边顺手打开广播听起了相声。

宁听掏出手机看了眼地图，不堵车的话他们离目的地只有五分钟的车程，但距目的地的那一段路都堵成了红色，说不定下车走路会更快一点。

她顺手点开微信，三个舍友正在宿舍群聊得热火朝天，随手翻了翻聊天记录，都不是什么正经言论，她发了张表情包：【网络并非法外之地】。

莫挨老子：春宵一刻值千金，你怎么还有空出来执法?

摇摇乐：是 Auraro 的烛光晚餐不够浪漫吗？你怎么还有时间网上冲浪?

是沉不是圆：或许你们吃不完的可以给我打包带回来吗?

莫挨老子：出息!

摇摇乐：出息!

宁听给她们发了个定位：还堵在路上。

莫挨老子：江沉说你已经出发快两个小时了，还没到?

是沉不是圆：你们这进度真让人失望。按照我的剧本，你和学弟现在应该已经坐在 Auraro 吃着烛光晚餐，看星星看夜景，从诗词歌赋聊到人生哲学。

不听不听：今天兆头不太好，我隐隐觉得有大事要发生。

摇摇乐：大师何出此言?

是沉不是圆：是有大事发生啊！你即将告别单身还不算大事吗?

不听不听：【打扰了 .GIF】

在车厢内看久了手机头有些晕，宁听收起手机揉了揉眼窝，司机突然靠边停下："你们就在这里下车吧，走过去几分钟，前面堵得太厉害了，开车还不如走路快。"

宁听透过车窗看了眼外面的路况，堵得一眼望不到头。

冷空气顺着大开的车门往里蹿，她回过头才发现一直闭目养神的司瑨不知道什么时候下了车，此刻正替她撑着车门。

他迎风而立，覆在额前的刘海被风吹乱，满街闪烁的霓虹灯都沦为背景。

06

临江大厦是江城的地标建筑之一，就伫立在江边上，周围都是商业街，吃喝玩乐的地方很多。宁听经常和朋友一块儿来，这一片的路都很熟悉，她带着司瑨七弯八拐，没几分钟便到了临江大厦楼下。但两人对着大厦一楼的楼层索引研究半天也没找到 Auraro 的位置，宁听不确定地问："Auraro 真的是在临江大厦吗？"

司瑨确定地点头。

然后两人相顾无言。

最后问了服务台的工作人员才知道大厦一楼的 VIP 接待中心有观光电梯直达顶层的 Auraro。

等两人找到 VIP 接待中心已经是十分钟之后，司瑨出示预订信息之后，立在电梯旁穿着制服的工作人员就贴心地替他们按开了电梯："预祝二位用餐愉快。"

电梯门在顶层缓缓打开，尽管宁听已经看过几张 Auraro 的照片，但真的身临其境还是不免为之赞叹。

脚下是人间烟火，头顶是万丈星空。

两人的餐位挨着玻璃墙，视野开阔，观景绝佳。宁听的注意力完全被江城的夜色吸引，司瑨喊了几声她都没听见，只好倾身把菜单递到她跟前："你可以看看有没有喜欢的菜。"

宁听随意翻了翻又递还给他："我对法国菜没什么了解，你决定就好。"

来之前靳远洲给他介绍过这家餐厅的推荐菜，司瑨挑着有印象的迅速点好了菜。

餐厅里放着慵懒舒缓的法语歌，连声音的大小都恰到好处。隔壁桌的情侣正在低声交谈，言笑晏晏，也许是环境使然，宁听一直紧绷的神经有所缓和。

司瑨的手机一直在口袋里振动，不用看也知道是靳远洲在给他发消息。

"到了吗？"

"餐厅氛围是不是很棒？"

"烛光晚餐是不是很浪漫？"

"我推荐的菜好吃吗？"

一连串没有营养的消息，司瑨回："刚到，正在等餐。"

"你不会就这样晾着人家自己在玩手机？和人家聊天啊！"

司瑨无语了一瞬，不是你先给我发消息的？他回："聊什么？"

"聊天气，聊音乐，什么都可以聊啊。"考虑到司瑨是个"社交废材”，靳远洲还贴心地给他编辑好了开场白，于是有了下面这句突兀还带着些许生硬的话。

“一直想找个机会正式向你道谢，正好朋友说这家餐厅还不错，希望……”司瑄说一句低头瞟一眼靳远洲发的消息，看到最后半句噎了一下，临时改词道，“好吃。”

靳远洲给他准备的原话是：希望你喜欢。

司瑄觉得太油腻，临时改成“希望好吃”，这句话倒是没那么油腻，但是显得他像个前言不搭后语的二百五。

司瑄懊恼地摁灭了手机，不再理会靳远洲。

宁听正沉浸在自己的精神世界里，没仔细听司瑄说了什么，顺嘴接了句：“应该好吃吧。”她拨弄着面前的刀叉，顺着司瑄的话往下说，“那天收到你的消息说一起吃饭，我还以为是你发错了消息，后来猜测你大概是想要谢谢我送还你的毛概作业。”她抬起头，左右看了看，欲言又止道，“其实，不用这么隆重的。”

餐桌正中间放着一架烛台，烛影摇曳，空气中弥漫着一种说不清道不明的旖旎。

“是朋友推荐的餐厅，我也是第一次来。”司瑄有些尴尬，本着完全相信靳远洲的态度他事先并没有详细了解过 Auraro，连预订餐位的活都被靳远洲主动揽下。进门的那一刻，他就觉得这个餐厅的氛围过于暧昧，灯光明暗交错，角落里的留声机放着不知名的法语情歌，来就餐的人大多都是情侣。

好像，是有些隆重。

餐厅的法语歌换了好几首，不知是不是暖气开得太足的原因，

宁听越吃越觉得热，口干舌燥，胸口烧得慌，连呼吸都变得不太顺畅。

她不知道该怎么形容这种感觉，喉咙堵得慌，脸上像有小虫子在爬，脑袋也晕晕乎乎的，要不是因为根本没喝酒，她都要怀疑自己是不是喝醉了。

忍耐力已经快要达到极限，她胡乱抓起手边的清水喝了一口，水杯不小心磕在餐盘上发出清脆的撞击声，引得司瑄向她看。

宁听的视线已经开始变得模糊，朦胧中看见司瑄骇然失色的脸，嘴巴张张合合好像是在问她有没有事。

她想说我有事，但身体已经不受她控制，失去意识前最后的念头是一定要帮我叫救护车啊，我还不想离开这个美丽的世界。

第四章
被幸运之神眷顾的饺子

01

宁听是被渴醒的，借着走廊透进来的微弱的光线艰难地辨认了一下周围的环境，是在医院。

太好了，她还活着。

她动了动身体，撑着胳膊想要爬起来找水喝，动静惊醒了倚在床边休息的司瑄：“你醒啦？”

光线太暗，宁听看不清司瑄脸上的表情，但是能听出他声音里

的惊喜与如释重负。

“嗯，有水吗？”她的嗓子干涩，说话时仿佛在吞咽沙砾，声音沙哑。

床头摆着事先买来的瓶装水，司瑄拧开递给她。

宁听仰头喝了一口，清水浸过喉咙解渴也醒了神，她这才问：“我怎么了？”

司瑄有短暂的沉默，眼睛适应了黑暗以后，宁听能清楚地看到他脸上欲言又止的神情，大脑空白了一瞬紧接着又浮现出许多不好的念头。

其实司瑄也并非故意卖关子吓唬她，只是今晚的经历过于离奇，他自己也需要时间消化，所以反应才慢了半拍。

但就是在这“半拍”的时间里，宁听自己把自己吓了个够呛。

“江大一毕业生疑因压力过大身患绝症”“我与猝死的距离”“花季少女骤然昏倒，醒来后收到病危通知书”“生命敲响的警钟”，诸如此类的念头在她脑海里一闪而过，宁听一下子慌了神：“不是吧，我觉得我应该还能抢救一下。”

“嗯？”司瑄一脸不明所以地看了她一眼，“医生说你是过敏反应引起的晕倒。”

“过敏？什么过敏？”所以她只是过敏不是身患不治之症？宁听沉到谷底的一颗心又飘了起来。

“暂时判断是鱼子酱，具体要等过敏原检查结果出来之后才能确定。”

“哦哦。”

太丢人了，吃饭吃到晕过去被送进医院就离谱，也不知道她晕倒的时候有没有口吐白沫浑身抽搐。宁听羞愤地攥紧了她的小拳头。

而司瑄此刻只有一个念头——“肚子好饿。”

晚餐在惊慌中收场，在宁听醒来后，他原本一直紧揪着的心也放松了下来，所以感官变得格外清晰。

正好宁听的肚子适时地响了几声，她下意识地捂住肚子，懊恼地咬着下唇偷偷看了司瑄一眼。

“饿了？”

宁听艰难地点头。

“想吃点什么吗？”

“可以吗？”宁听满脸期待地看着他。

这倒是问住了司瑄，医生大概也没想过她会醒得这么早并且饿得这么快，还没来得及交代忌口的注意事项。

“应该……可以吧。”吃得清淡点应该没问题吧？司瑄顺手上网搜了搜，“忌辛辣，忌油腻，忌荤腥。”

“那还有什么是我可以吃的呢？”宁听的期待瞬间褪去大半。

“蔬菜粥？”司瑄说着起身往外走，“我出去看看，你还有什么其他想吃的吗？”

他回头询问时，宁听正在穿鞋，头也不抬道：“我和你一块儿去。”

已经是凌晨两点钟，整层楼都静悄悄的，两人的脚步声格外清晰，宁听下意识地蹑手蹑脚。

经过护士站时，被值班的护士喊住，压低了声音问：“干什么去？”

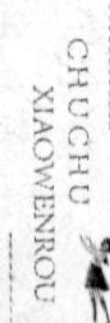

宁听不好意思地摸了摸肚子：“觅食。”

护士对宁听有印象，晚上九点左右送来的过敏病人，症状还挺严重的。她上下打量了一圈宁听，见宁听精神状态还不错便没有阻拦，只是温声交代了一些注意事项，然后递给宁听一个口罩：“外边天冷，别吹风。”

宁听感激地接过，连声道谢。

护士台旁边的墙上有一面仪容镜，宁听无意瞟到镜子里的自己，差点再次晕过去。她闭上眼睛，又小心翼翼地睁开，然而镜子里的世界没有一丝改变，她难以置信地向司瑨求证：“镜子里这个脸肿得跟猪头一样的人是我？”

司瑨一脸“不然呢”的表情。

“真的是我？”

护士没忍住轻笑出声，道：“过敏是这样的，只是你情况比较严重，肿得也厉害一点。”

这可不是一点，宁听瞬间联想到之前网上很火的那张图，一条被蜜蜂叮了的狗。

她觉得自己现在和那条狗有九分神似，弱小可怜但好笑。

如果镜子里的人不是她自己，她估计这会儿已经笑到在地上打滚了。

宁听郁闷地戴上口罩。

出了急诊大楼迎面吹来的风里仿佛裹着冰，想到护士刚刚的叮嘱，司瑨顺手把宁听的羽绒服的帽子罩在了她头上。

夜里营业的店并不多，两人找到一家 24 小时便利店，饭团和三明治热气腾腾，看起来很诱人。

司瑄将剥开的三明治递给她。

宁听接过三明治，摘下口罩，半捂着脸，闷闷地问：“我现在这样是不是很丑？”

司瑄正在给自己剥饭团，闻言动作一顿，抬头看了眼她的脸，诚实道：“有点。”

宁听哽住，没好气道：“女孩子问你她是不是很丑是想听你讲实话的吗？重来！”

“我现在这样是不是很丑？”

“不丑。”

尽管司瑄的回答敷衍得丝毫没有灵魂，但还是安慰到了宁听，她满意地咬了一口三明治。

果然还是谎言比较动听。

02

“嗡嗡嗡”的振动声一直折磨着宁听的耳膜，她挣扎着爬起来，在外套的口袋里找到噪音来源，迷迷糊糊地接通电话：“喂？”

“听宝！呜呜呜呜，你还活着真是太好了！你的病房在几楼啊？我已经到医院门口了，给你打了好几个电话一直不接，担心死我了，以为你还昏迷不醒呢！”

江沅一连串噼里啪啦的话语直接把宁听炸清醒了，她捋了一下思路，问：“你怎么知道我在医院？”

“昨天快到门禁时间了你还没回来，我给你打了好几个电话一直没人接，珧哥和意意也都联系不上你。我们仨都快急死了，正商量着报警的时候，珧哥打通了你的电话，是学弟接的，他说你食物过敏送医院了。你说你这孩子，连自己能吃什么不能吃什么都不知道吗？真是不让人省心！好了，先不说了，我马上就到了。”

宁听根本没有开口讲话的机会，江沅的碎碎念让她觉得亲切，宿舍几个人天天“听宝听宝”地叫她，因为她年纪最小处处都护着她，就像亲人一样。

是来自天南地北，因为缘分而聚到一起的亲人。

但是等等，她刚刚有说她的病房在几楼吗？

宁听看着手机，倒数了三个数，“一”字刚落音，江沅的电话就又打了过来：“你在几楼来着？”

“急诊二楼，走廊尽头右手边第二间病房。”

微弱的晨光透过窗帘的缝隙照进病房，宁听拉开窗帘，视野瞬间明亮起来，她悠闲地伸了个懒腰。

病房的门被人推开，她回过头，手还举在半空中，一副不太聪明的样子。

“醒了？”司瑄拎着早点走进来，“正好吃早饭。”

“啊，好的。”宁听回过神，匆匆忙忙地往卫生间跑，“我先洗漱一下。”

宁听还以为司瑄已经回学校了，关上门的瞬间心跳莫名有些加速。

镜子里的人双眼浮肿，头发乱糟糟的，但和昨晚比起来确实消肿了不少，整个脸小了一圈，只是脸颊和嘴唇周围还有些小红点。

她用清水洗了把脸，又理了理头发，看起来稍微精神了一点。卫生间的门被人轻叩了两下，她刚打开一条缝，司瑄递进来一袋东西："我刚下楼买的。"

是牙刷毛巾之类的生活用品，他连这种事情都能考虑到，再想到从昨晚到现在他对自己的照顾，宁听发现司瑄其实是一个十分细心周到的人，和她以为的完全不一样。

早餐是清淡的蔬菜粥，不知道是为了照顾她还是其他什么原因，司瑄买了两份一样的早餐。宁听好几次欲言又止，最后终于尽量自然地说了谢谢。

"在医院的这段时间，谢谢你了。"

"应该的。"

应该什么？他的意思是照顾她是应该的吗？那为什么照顾她是应该的？宁听的思绪纠结成一根麻花，凭她有限的情商实在理不清"人际交往"这门复杂的学问。

"听宝！"上一秒还在门口的江沅下一秒已经把宁听抱在怀里，"看见你还能吃能喝我就放心了！"

司瑄端着碗，脸上的表情有些迷茫。

宁听空出手来拍了拍江沅的背："先松开我再说。"

江沅松开她，上上下下从头到尾仔细地打量了她一遍，松了口气道："还好，看起来不像是有什么大问题的样子，就是丑了点。"

宁听："……"

司瑄："咳咳咳……"

江沅转向司瑄："学弟你真的太善良了。"

司瑄：？

她继续道："我们听宝都丑成这样了，你还不离不弃，实在是太感人了！"

司瑄：？？

宁听忍无可忍道："江沅你没有心，你大清早赶来医院就是为了笑话我的吗？"

江沅嘻嘻哈哈道："我这不是看你没事，太开心了嘛！"

正好医生来查房，看见宁听正鼓着腮帮子瞪江沅，笑着道："恢复得不错，和昨天判若两人。"

宁听尴尬地缩了缩脖子，问："我昨天被送来的时候有没有口吐白沫浑身抽搐？"

病房里的医护人员都被她逗笑了，站在最前面的医生沉吟了一会儿，道："没有口吐白沫也没有抽搐，只是一直紧紧握着他的手怎么也不肯松开。"说着指了指司瑄。

一旁的江沅起哄道："哇哦——"

宁听的脸瞬间烧红，双手揪着衣角强装镇定，可是脑海里却不由自主地浮现昨天半夜醒来时，司瑄守在自己床边的样子。即便是在完全陌生的环境醒来，可是看到他守在那里，莫名就觉得很安心。

司瑄不自在地轻咳一声，虽然看起来还是很镇定，但耳朵早已变成了粉红色。

过敏是急症，做了应急处理又住院观察了一晚，宁听的症状已经消退得差不多了，下午便办理了出院手续。

03

夜里悄悄落了雪，晨起时窗外的树枝上都覆着薄薄的一层雪，是江城的初雪，来得这样悄无声息。

宁听有事要出门，所以起得比较早。她出发时，江沅还在睡梦中，挣扎着支起半边身子，睡眼惺忪地叮嘱她：“外面冷，多穿点。”

“知道啦。”宁听失笑，顺手在衣架上取了条围巾。

虽然前一晚下了雪，但今天似乎是晴天，东方隐隐透出金色的光，太阳正努力冲破云层。

她先去了学校附近的市场，按照昨晚拟订的清单买了一大堆食材，出来时两手都拎着沉甸甸的购物袋。

期末考试临近尾声，寒假在即，她和陈院长约好了回家前要再去一趟城南福利院。

一个月至少去一趟福利院是宁听从大一开始一直在做的事情，眼看就要毕业了，也不知道以后会不会留在江城工作，所以她最近跑福利院跑得很勤。

就当作是去一趟少一趟。

福利院在老城区的山脚下，距江大一小时的车程。宁听到的时候刚刚十点钟，和陈院长约好的时间一分不差。陈院长正准备出门接她，见她拎着大包小包从车里出来笑着打开院门，去接她手里的东西：“你每次都这么准时，又给他们带什么了？”

“一些食材，上次不是答应他们这次来要带着他们一块儿包饺子嘛。”

“那他们今天可要开心坏了，有礼物收还有饺子吃。”

“礼物？是有志愿者来给他们送礼物了吗？”

陈院长笑着摇摇头，说话间两人已经到了大厅，正拆着礼物的孩子们看见宁听兴奋地围过来：

“宁听姐姐，你看我的围巾好看吗？”

“宁听姐姐，这是我的新书包！”

“宁听姐姐，我们图书室多了好多新书，我带你去看看！”

宁听被一群小萝卜头团团围住没办法前进半步，她手里还拎着食材。

“给我吧。”

她闻声抬头，看见司瑄的瞬间脸上的惊讶十分明显，脱口而出：“你怎么在这儿？”

“你们认识？”陈院长原本打算给两人互相介绍一下，眼下这情况好像也不用她多此一举。

宁听点头：“嗯，认识。”

旁边有孩子高声道：“这是今天给我们送礼物的哥哥！”

“这样啊，那你们有谢谢哥哥吗？”手里的东西被司瑄接过去，宁听空出手来去揉小朋友的头顶，被一群孩子牵着手牵着衣角半推着往前走。

司瑄放好食材出来时，宁听正被一群小孩子围在中间，大家都兴冲冲地和她分享刚刚收到的礼物，好像不管小孩子说什么她都能接得上话，完全不会觉得他们幼稚，和小朋友沟通得很顺畅。

这也算是很厉害的一项技能了吧。

上次在医院分别后，两人有近一周的时间没见，宁听脸上的红疹已经褪去，完全看不出有过敏的痕迹。

陈院长在身后道：“厨房正在准备饺子馅，让他们去收拾一下洗洗手咱们就可以开始啦。”她转向司瑄，邀请道，“一起吧？”

司瑄点头。

宁听领着孩子们去做准备，没有注意到两人后半段的对话，不然可能会疑惑为什么陈院长总是亲切地喊她小宁却称呼司瑄“小司先生”。

包饺子也是项技术活，鉴于这群小孩子里还有人连筷子都拿不稳，所以陈院长对他们的要求也降低到，把皮儿捏拢，尽量保证干净，不要把馅儿撒得到处都是。

还有年纪大一些的孩子，比谁包的饺子更好看，所以都围着宁听偷学她的技巧。

司瑄看出来了，宁听是这里的孩子王。

包饺子也是他的知识盲区，又不好意思正大光明地站到宁听身边去，就时不时地瞟一眼她手里的动作。

一张饺子皮在他手里捏了十来分钟也没捏出个饺子样儿，正暗自苦恼着，宁听不知道什么时候站到了他身边，眼里都是促狭的笑意：“第一次包饺子吧？”

“嗯。”

“我教你！”宁听拈过一张饺子皮，放慢动作给司瑄示范了一遍，不到一分钟一个形状漂亮的饺子就摊在她手心，“好了，现在你试试。”

司瑄刚想问宁听能不能再示范一遍，一抬头发现这群小不点都放下了手里的活儿眼睛都不眨地盯着他。

不能丢脸，所以他硬着头皮上了。

宁听在一旁指导他。

“馅稍微少一点儿，太多了捏不拢。

“外面这一圈皮儿要蘸点水，这样不容易散。

“这里要捏个褶儿。”她说着伸手点了下具体的位置，两人指尖相触，司瑄的动作不可避免地顿了一下。

她离得很近，耳边散着几绺碎发，有淡淡的玫瑰香萦绕在他鼻尖，温暖又干净，让人联想到冬日里的暖阳。

像是平静的湖面突然被人掷了一颗小石子，他的心里缓缓荡开涟漪。

04

在厨房忙碌了快两个小时才等到热气腾腾的饺子，正好赶上午饭。

餐桌上的饺子奇形怪状，小朋友们充分发挥自己的想象，有五角星形，有正方形，还有好几张饺子皮混在一块的“机器人”，总之花样百出。

但好在都熟了，能吃。

宁听神神秘秘地告诉大家：“我偷偷在饺子里包了一颗糖，吃到的人会有特殊礼物哦，而且今年一年都会特别幸运！”

“真的吗？”听到有神秘礼物，小朋友们眼睛都亮了，迫不及待地夹起饺子就往嘴里送。

眼看大家碗里的饺子已经没剩下几个，但一直没人吃到宁听包了糖的饺子，连她自己都开始怀疑她是不是忘记放糖了。

“不会在我自己碗里吧？”她夹起一个饺子准备往嘴里送，正好对上司瑨神色怪异的脸，兴奋地问，“是不是你吃到了？包了糖的饺子是不是你吃到了？”

司瑨艰难地咽下嘴里的饺子，问：“你包的真的是糖吗？”

确定不是屎?

“是啊！榴梿味奶糖，你吃到了吗？”宁听再三确认。

榴梿味奶糖……香菇猪肉馅配榴梿味奶糖，简直是黑暗料理之神。刚刚一口咬下去的瞬间司瑨真的差点直接吐出来，他本来就讨厌榴梿，再加上奶糖受热融化，口感黏腻，味道真的不可描述。

“嗯……”

餐桌上响起一阵小朋友们失望的叹息声，他们都十分羡慕司瑨，幸运不幸运的小孩子倒也不在乎，在乎的是宁听口中的“特殊礼物”。

香菇猪肉加榴梿奶糖馅的饺子还剩半个，司瑨夹起来想偷偷扔掉，被宁听制止：“这可不是普通的饺子，这是被幸运之神眷顾的饺子，一口也不能浪费，快趁热吃！”

司瑨僵住，但一桌子的人都眼巴巴地看着他，他也不好意思浪费粮食，深吸一口气直接吞了进去。

他没有嚼，直接咽了下去，差点噎死。

宁听递给他一杯水，笑得特别开心：“是不是很难吃？”

司瑨接过水一饮而尽，嘴角微勾没好气道：“这份幸运就该你自己承受。”

宁听佯装失落地叹气：“没办法，你才是天选之子。”

“宁听姐姐，特殊礼物是什么？”有小朋友问。

宁听不好意思地缩了缩脖子：“这个嘛，因为是临时起意，所以没能提前准备好礼物，所以特殊礼物是‘一个心愿’，可以向我提一个心愿，我一定会满足。”

司瑄原本并不关心所谓的特殊礼物，听宁听这么说反而有了兴趣：“哦？那我的心愿是你现在吃十个包了榴梿奶糖的饺子。”

宁听摊了摊手，耍赖道：“可是我只包了一个有奶糖的饺子耶。”

司瑄一口气哽在胸口，到目前为止这是他人生里第一次被人噎得说不出话来。

“机会难得哦，心愿明天开始生效，没有截止日期，凭此券兑现。”她说着递给司瑄一张她刚刚拿便笺画好的心愿券。

司瑄接过顺手收在外套口袋里。

吃完饺子，宁听被一群小朋友簇拥着走向活动教室：“宁听姐姐，你今天要教我们画什么？”

宁听笑：“那今天就教大家画饺子吧。”

她每次来都会教小朋友们画画，画什么像什么，所以小朋友们都很崇拜她。

宁听教完之后便让他们自己在下面画，司瑄也分到了纸和笔，但纸上还是一片空白。

“司瑄同学，学习态度要端正哦。”宁听踱到他身边，憋着笑道。

然后，司瑄胡乱画了一团。

宁听像模像样地点评：“嗯，这是我见过的最清新脱俗的饺子。”

陆续有小朋友把画的饺子拿给宁听看，她挨个夸了一遍。

玩得正高兴的时候，陈院长来提醒他们去午休，原本还精神的小萝卜头瞬间蔫了一片。

宁听温声哄他们，指着司瑨道：“这个哥哥特别会弹琴，等你们睡醒让他弹琴给你们听好吗？”

孩子们带着憧憬进入了甜蜜梦乡。

宁听整理完活动教室准备去帮着陈院长整理图书室，陈院长和司瑨都在，图书室里堆着好几大箱没来得及拆封的书。

“这么多书吗？”看到图书室的景象，宁听还有些吃惊，这些书够摆满图书室的所有书架了。

陈院长笑着接话：“是啊，这下孩子们就不用一本书翻来覆去看好几遍了。”

宁听点头：“之前我看书架上有些书都卷边了，字迹都模糊了，现在可以把这些书都清理掉用来摆新书了。”她转过头问司瑨，“你都买了些什么书？没有少儿不宜的吧？”

原本只是无心的一句话，但说完的瞬间两人都不约而同地联想到了那一堆花花绿绿的杂志。

图书室突然被一种名为“尴尬”的氛围占满，宁听懊恼地闭了闭眼睛，干笑道：“哈哈哈，我开玩笑的。”

好像也没有很好笑哦。

05

图书室整理到一半，外面突然变了天。

厚重的云层掩住本就微弱的阳光，不知从哪个方向吹来的风将树枝都吹得弯折，紧闭的玻璃窗也跟着风的频率振动着，气流回旋的声音像是怪兽的嘶吼。

“我去楼上看看。”陈院长神色担忧，楼上是孩子们的卧室，她担心孩子们会被吓到。

宁听怅然地望着窗外，小声嘟囔：“天气还真是说变就变啊。”

司瑄仍然半蹲在地上给书贴分类标签，颇有种“管他风吹雨打，我自岿然不动”的淡定。

“这天也太吓人了，怕是有一场暴风雪。”陈院长安抚完孩子们的情绪下楼来，“你们要不要趁雪还没落下来先回学校？”

宁听问：“孩子们还在睡觉吗？”

陈院长点头。

“等他们醒来吧，答应了要给他们弹琴的。是吧？”她看着司瑄，征求他的意见。

司瑄微不可闻地“嗯”了一声。

陈院长还想再劝，宁听笑着解释：“哄他们睡觉的时候说了醒来会让司瑄给他们弹琴，不想让他们失望。再说了，我们现在离开也有可能遇到暴风雪被困在半路上。”

即便是随口一说的承诺，即便这些孩子失落也不会哭闹，可宁听还是更想看到他们不掺杂任何瑕疵的笑脸。

“先把书整理完吧。”司瑄似乎和宁听是一样的想法。

陈院长见他们都不着急也不再劝：“行，万一被困在这里了，我就给你们收拾两张床出来。”

肆虐的狂风突然就没了声息，只是大风过后天色昏沉得吓人，宁听笑：“风停了，说不定太阳马上又会出来了。”

话音刚落，天空突然飘起了雪，大片大片的雪花飘落在地上，窗台上，树枝上。

“下雪啦！”

“好大的雪呀！”

楼上突然传来孩子们的欢笑声，陈院长了然地笑道：“敢情都是在装睡呢。”

“您去看看吧，这里有我们俩就行。”还剩下一些收尾工作，两个人很快就能整理完。

陈院长走后，宁听欲言又止地看了司瑄几次，终于说出口：“谢谢你啊。”

司瑄有些莫名地看了宁听一眼：“谢我什么？”

这倒是把宁听问住了，眼睛转了转，坦白道：“不知道，仔细说起来要感谢你的事儿还挺多的。”

司瑄没搭话，极轻地笑了一声。

“你怎么会来这里？”从看见司瑄的时候，宁听就在好奇这个问题，直到这个时候才有机会问出来。

“替人送东西。”

他指的应该是这些书和礼物，宁听点头：“所以你是第一次来吗？”

“第二次。”他把最后一摞书摆到架子上，“你好像经常来。”这是陈述句。

“有空就会来。”终于都收拾完了，宁听伸了个懒腰，“走吧，他们应该都起床了，你准备给他们弹什么曲子？”

活动教室摆着一架钢琴，看起来有些年头了，司瑨试了下音，还行，似乎有人定期在维护。

司瑨打开手机里存的琴谱试弹了一小段，悠扬的琴声倾泻而出，宁听席地而坐微仰着头，听得很认真。

但她确实没听出是什么曲子。

试弹结束后，宁听干巴巴地鼓掌：“好听！”

“《布宜诺斯艾利斯之冬》。”

“啊？”

看宁听愣愣的样子，司瑨又解释了一遍：“这首曲子叫《布宜诺斯艾利斯之冬》。”

“喔。”宁听在网页里搜索，也大概了解了一下这首曲子。

孩子们陆续到活动教室来，原本因为昏沉天色显得有些冷清压抑的氛围又瞬间鲜活了起来。

宁听安顿大家围着钢琴坐好，像模像样地报幕：“接下来有请司瑨同学给大家带来《布宜诺斯艾利斯之冬》。”

孩子们齐齐鼓掌。

宁听静下心来听，每一个音符都像是一片蓬松柔软的雪花，她仿佛听见冬天的脚步在缓缓靠近。窗外的冬天寒风凛冽大雪纷飞，屋里的冬天浪漫温柔又生机勃勃。

有一片雪花落在了宁听心上，瞬间的悸动过后，有陌生的情愫悄无声息地在她心里融化蔓延开来。

《布宜诺斯艾利斯之冬》是所有谱写冬的乐章中司瑨最喜欢的一首，它的每一个音符里都藏着司瑨和冬天有关的记忆，在琴声响起的瞬间如蝴蝶般振翅飞来。

他偏头看了眼宁听，她怀里圈着一个肉乎乎的小女孩，下巴搁在人家头顶，唇畔的梨窝盛着浅浅的笑意。

于是他和冬天有关的乐谱又多了一个音符。

06

晚饭过后，地面上已经积了厚厚一层雪，征得陈院长同意后，宁听和司瑨带着孩子们在院子里打雪仗“消食”。

男生和女生分成两个阵营，分别由司瑨和宁听带队。

一开始孩子们都有些拘谨，迟迟没人掷出第一个雪球，宁听率先团出一个雪球，蹲在地上喊他：“司瑨！”

在司瑨看过来的时候，抛出的雪球正好砸中他的左肩，雪球受到撞击四散开来，溅到他的身上和脸上，司瑨伸手虚挡了一下。

宁听带着女生阵营笑得很开心，有了这个开端，气氛一下子火热起来。

司瑨拍了拍身上散落的雪，慢条斯理地团了一个超大雪球，扬眉朝宁听逼近。

“哎哎哎——你这个雪球也大得太离谱了吧？”宁听见势不妙一骨碌从地上爬起来往后退，眼神警惕地盯着他手里的雪球。

司琣掂了掂，语气淡淡：“还好吧，打雪仗起码要这种程度才有意思啊。”

宁听忽然想到前段时间网上的一个梗——打雪仗吗？走医保的那种【狗头】。

小女生们都尖叫着跑开，宁听和司琣相对而立，司琣见她紧张得连眼睛都不敢眨，轻笑着提议：“这样吧，给你十秒钟准备雪球，咱们看谁瞄得准？”

宁听迅速趴在地上刨雪，一边刨一边讨价还价：“十秒钟也太短了吧，起码三十秒！”

司琣没搭理她，继续倒数：“七，六，五……”

“一”字落音的时候，两个雪球在空中擦肩而过，一个砸在司琣胸口，一个散在宁听脚边。

宁听拍着手大笑：“哈哈哈哈哈，还是我比较准！”

司琣面无表情地拍着身上的雪，无声地吐出两个字：“傻子。”

另一边的宁听丝毫没有察觉，不知道笑得有多开心。

有了两边领队的示范，接下来就是一场雪球满天飞的混战，到最后孩子们都累了，场上只有两边的领队还在继续战斗——已经从隔空掷雪球演变成直接把雪球往对方脸上摁。

司琣个子高占足了先天优势，他稍微抬下手就能直接把雪球摁在宁听头顶。宁听就不行了，要踮脚才能勉强把雪球糊在他脸上，好几次都没能成功。

“还要继续吗？”司琣清理着身上沾着的雪，漫不经心地问。

这话落在宁听耳朵里更像是挑衅，她又团了一个雪球，坚定道：

“当然！”说着就朝司瑄的脸扑过去。

司瑄一手揪着宁听的羽绒服帽子，一手去挡她举着雪球的胳膊。两人纠缠在一块儿，不知道谁不小心绊了谁一下，两人重心不稳齐齐向下倒去。

“妈妈呀——”宁听闭上眼惊呼，睁开眼时，她正扑在司瑄身上，因为紧张左手紧紧攥着司瑄的袖口，右手还举着雪球。

孩子们的尖叫声和笑闹声都飘得很远很远，此刻宁听脑海里只有一个声音“太近了，太近了”近得她能感受到司瑄呼吸的频率，温热的气息扑在她的脸颊上，一愣神，手里的雪球“啪”一下砸在司瑄脸上。

“如愿以偿了，嗯？”

话尾的这个“嗯”又哑又撩，顺着她的听觉神经一路蔓延到中枢神经，宁听只觉得脑子里“嗡”的一声，全身血液倒流，不用照镜子，她也知道她脸上现在肯定顶着两坨“高原红”。

她动作麻利地从地上爬起来，冰凉的手背贴着脸，背对着司瑄闷声道：“休战。”

正好陈院长在屋里喊他们：“孩子们都玩够了没有？快进来喝杯热姜汤！”

屋里开着暖气，烘得孩子们的脸都红扑扑的，宁听混在其中倒也不会让人觉得有什么异样。

眼看天就要黑了，大雪还没有要停的意思。司瑄和宁听捧着姜汤并肩站在窗前，惆怅地望天。

陈院长笑：“这就叫‘天留客’。床已经给你们铺好了，今天

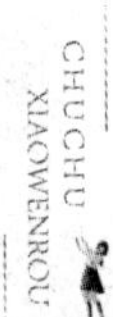

就在这里将就一晚吧。”

这里没有单独的客房，陈院长给他们在男生宿舍和女生宿舍分别铺了一张床。

宁听有些不好意思：“给您添麻烦啦。”

陈院长摆摆手道:“你们能留下来这群孩子不知道有多开心呢。”

喝完姜汤，陈院长又让孩子们换下湿衣服，用药包泡脚去寒气，忙碌的一天这才算结束。

宁听和司瑄领着孩子们在图书室看书，宁听正在给女孩儿们讲童话故事，司瑄在给男孩儿们科普宇宙起源。

画面温馨又安适，陈院长倚着门看了一会儿，脸上的笑容慈祥又欣慰。

孩子们睡得早，不到十点便都上楼休息了，图书室只剩下司瑄和宁听。

回想这一整天的经历，宁听感慨道：“今天可真充实啊。”

司瑄掀了掀眼皮看她一眼，是挺充实的。

窗外雪还在下，纷纷扬扬。或许是这样下着雪的静谧冬夜让人格外有倾诉欲，宁听自顾自地说：“我第一次来这儿是大一的时候，学校青年志愿者协会组织的感恩节活动，我们带着零食、文具等一大堆乱七八糟的礼物来看他们。但我来了之后，才发现陈院长并不像我想象中那样开心，孩子们也都怯怯的，即便收到礼物眼睛里也没有笑意，不是那种小朋友会有的天真单纯的笑容。”

宁听一边说一边回忆，她也是和陈院长熟了之后才知道原因——容易被大人们忽视的小孩子们的自尊心。

他们知道自己是在被施舍，隔一段时间就会有不同的自愿者来看望他们送礼物，拍几张看似其乐融融的照片然后离开。福利院的孩子本来就敏感早慧，久而久之这种被施舍的感觉越来越强烈，一方面排斥这种施舍，一方面又能在拍照的时候配合地露出感激的笑容。

宁听在听陈院长讲这段话时红了眼眶，此刻把这段话讲给司瑄听时也红了眼眶，她是真的心疼这些孩子。

所以她才会来第二次，第三次，到最后养成了习惯，固定一月一次。很多时候她并不会带什么礼物，只是单纯来看看他们，教他们画画。

“因为一些原因，陈院长很早就不接受私人组织捐赠的物资了，所以今天听到你是来送礼物的我还挺意外的。”

“我——”司瑄想了想，“我朋友一直在资助城南福利院，今天他刚好有事抽不开身，所以拜托我来给孩子们送新年礼物。”

宁听点头：“他们很喜欢你，以后有机会的话你可以多来看看他们。”

“嗯。”

许久没有回应，司瑄往宁听在的方向望了一眼，发现她趴在垫子上睡着了。

还真是……

他起身找了块毯子搭在她身上，轻手轻脚地把旁边的矮几移开，怕她翻身的时候撞到。

雪已经停了，而今夜还很长。

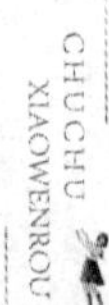

第五章
如何成为高级茶艺师

01

夜雪初霁，四野皆白。

司瑨在陌生的环境睡不好，晚上只浅浅地眯了一会儿，天还未亮透便睡意全无。

陈院长醒得早，拿着工具准备去清理大门外主干道上的积雪，司瑨也跟着去了。

刚没过脚踝的积雪，踩在上面嘎吱作响，院子里留下两串长长的脚印。

陆续有附近的居民出门清理门口路段上的积雪，两人加入其中，有一搭没一搭地聊着天。

大多数时候是陈院长在说，司瑄偶尔应一两声。话题不知怎的从昨晚的大雪转到宁听身上，陈院长问司瑄和宁听是怎么认识的。

司瑄想到两人第一次见面的情形，铲雪的动作停了一瞬，含糊道：“领错快递。”

想到那个阴错阳差的快递，司瑄突然反应过来，宁听大概到现在还以为那些杂志是他自己买的。

他莫名有些不知所措，想要解释清楚却没有找到合适的机会。那些杂志就像是衣服上突然冒出来的线头，明明没什么影响却让他不自觉地在意。

陈院长没太听明白司瑄的话但也没有再深究，只是又接着说了好多和宁听有关的事。

亲昵的语气里隐隐夹杂着骄傲，仿佛在炫耀自家女儿的母亲，司瑄静静地听着。

陈院长口中的宁听心思细腻，聪明善良，耐心温柔，浑身上下都是优点。

司瑄听着听着就走了神，实在没办法把他认识的宁听和陈院长口中的宁听画上等号。

说起来他其实好像也没有多了解宁听，对她的印象还停留在：艺设学院的，大四的，有些奇怪的学姐。

还杂志时一脸戏谑地调侃他品味别致，大晚上从半路杀出来逼着他送她回宿舍，踮脚拍着他的肩膀一脸郑重地告诉他“不是榴梿的错”，过敏肿成猪头被送进医院，还有香菇猪肉和榴梿奶糖的混搭……

明明一开始是即便在路上偶遇也不会点头问好的关系，却出人意料地变成了现在这样可以一起打雪仗的朋友。

是朋友吧。

想到宁听昨天打雪仗时努力想要把雪球糊在他脸上的样子，司瑨嘴角微翘勾出一个极轻极浅的笑。

奇奇怪怪，可可爱爱。

天大亮时，路面上视线范围内的积雪都已经清理干净，来来往往的车辆也多了起来。

在图书室的地板上睡了一晚，宁听醒来时觉得浑身都痛，她捏着酸胀的脖子四下环视了一圈也没看到司瑨的人影。

陈院长和司瑨清理完积雪从外面回来，宁听拉开门正好和伸手准备推门的司瑨撞了个满怀。

“你去哪儿了？”

“醒了？”

两道声音同时响起，两人都愣了下，司瑨扬了扬手中的工具：“去扫雪了。”

“哦。”宁听往旁边退了半步，给他们让出空间，“怎么不喊我一起？”

司瑨走了两步又停住，回头认真地看着她：“喊了。你睡得太香，没醒。”

“可能是我昨天起得太早了……”宁听有些发窘，尴尬地解释着。

“骗你的，没喊你。”他转身往前走了几步又丢下一句，“但你睡得很香是真的。”

“……”

宁听朝司瑄的背影挥了挥拳头。

院子里还铺着厚厚一层雪，宁听突发奇想地提议道：“咱们来堆雪人吧？”

司瑄瞟了她一眼，没说话，但脸上明明白白写着拒绝。

宁听义正词严道：“我们昨天打了雪仗但是没有堆雪人，这对雪人不公平。”

哪里来的歪理？

司瑄哼笑一声：“雪人知道你这么为它着想吗？”

“它知道，昨晚在梦里还和我说了谢谢，拜托我把它堆得好看一点。”宁听的表情严肃又真诚，一点也不像在说胡话。见司瑄不为所动，她又补了一句，“孩子们醒来看见雪人肯定很开心！”

司瑄最后还是答应了。

两人在雪地里忙活了半晌堆出来一个造型十分独特的雪人，身材比例严重失调，头和身体几乎一样大。

宁听捡来两颗石头做眼睛，又掰了截树枝做嘴巴，树枝平直，摆上去看起来不太协调。

“它怎么看起来不太开心的样子？”宁听若有所思地围着雪人

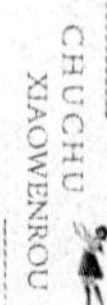

转了一圈，把树枝取下来掰成两截摆成一个V字形，拍手道，“这样看起来好多了，是不是很可爱！”

司瑄不予置评。

孩子们起床看到雪人确实很开心，宁听给他们拍了好多合影，答应下次来时做成相册带给他们。

吃过早饭，两人便要离开了，孩子们依依不舍地送到大门外，围在宁听身边问她下次什么时候来。

“司瑄哥哥，你还来吗？”有个小女孩拉着司瑄的衣角，声音怯怯地问。

“嗯。”很简短的回答，却并不让人觉得敷衍。

02

大四上学期课少，结课也早，毕业论文选题定下来后也没有其他什么事需要留在学校。

宁听在看回家的票，江沅突然邀请她一块儿去逛街。

“可以啊，什么时候？”

“择日不如撞日，就今天吧！”

宁听诧异地扭头看她：“你要买什么，这么着急？”

江沅摆摆手：“不是，我看网上有个帖子在讨论LV（路易威登）、Gucci（古驰）、Dior（迪奥）这些奢侈品店哪家的店员服务态度最差。有人说是LV，有人说是Gucci，有人说是Dior，反正每个人的说法都不一样，已经在评论区吵了几百条了。”她握了握拳，“实践出真知，所以我决定去挨个逛一遍这三家店！”

宁听颇为无语地看着江沅：“你这求知精神要是用在写论文上，现在开题报告应该已经完成了吧？”

江沅的脸立刻垮下来，捂住耳朵哀号道：“不要说了！你不要再说了！”她哭丧着一张脸，“早上戴老师又喊我去办公室面谈了，语重心长地建议我留在学校写完开题报告再回家，我不想接受她的建议！写完开题报告再回家？她怎么不直接说让我留在学校过年算了！”

戴老师是江沅的毕业论文指导老师，出了名的严厉。因为她的“逃课必挂”原则，她的所有课出勤率都是百分之百，尽管如此，她的课平均挂科率还是达到了百分之五十。

宁听安慰江沅：“乐观点，只是开题报告而已，又不是论文初稿，以你的聪明才智一定很快就能完成。”

“可是我想回家，我明天就想回家！”

看江沅可怜兮兮的样子，宁听退出购票界面：“没事，我陪着你，等你写完开题报告我们一起回家。”她收起手机，好整以暇地看着江沅，问，“所以你今天还要去逛街吗？”

“不了不了，我现在就开电脑写开题报告！”

晚上，宿舍四个人在群里聊天。

摇摇乐：我这两天要回一趟学校，一起吃饭呀。

是沅不是圆：好呀，好呀！

不听不听：@是沅不是圆 不是说闭关写开题报告吗？回消息倒

是挺快的呀。

是沉不是圆：【瑟瑟发抖 .JPG】

摇摇乐：哈哈哈，听宝好严格，我好喜欢！

莫挨老子：等我一起吃饭，我也要回趟学校。

是沉不是圆：你回学校干吗？难道你们老师也要求写完开题报告才能回家？

莫挨老子：？

莫挨老子：不是，我就是想回学校和你们一块吃顿饭，好久没见了，有点想听宝。

不听不听：我也想你！

摇摇乐：不想我？

是沉不是圆：不想我？

莫挨老子：不想噢。

摇摇乐：没人问你噢，我是在问听宝。

不听不听：哈哈哈哈哈，我超想大家的！

莫挨老子：呵，女人。

摇摇乐：呵，女人。

四个人又闲聊了一会儿，话题不知怎的转移到宁听身上，林意意突然关心起她的感情状况来，问她这段时间有没有和学弟联系。

上次两人一块去吃饭宁听过敏进医院的事，宿舍几个人都知道，但前两天她在城南福利院碰到司瑄的事她没说，所以其他三个人都不知情。

宁听简单地提了一句：我前两天在城南福利院碰到他了。

江沅灵敏地捕捉到重点：“所以你那天被大雪困在福利院的时候，学弟也在？”

林意意和杨心珧还不知道这件事，都在群里追问后续。

是沅不是圆：然后她就夜不归宿了！

群里再次炸锅，杨心珧连刷了好几个表情包，林意意直接发起了语音通话，宁听经不住三人的轮番轰炸，大概讲了下那天的事。

但也略去了一些事，比如打雪仗摔倒时，她震耳欲聋的心跳声。

林意意和杨心珧约在周五一起回学校，江沅的开题报告也只剩下结尾。

临近寒假，四个人手挽手并排走在校道上，时不时看到拖着行李箱准备回家的学生，江沅叹气道：“怎么还没到明年6月我已经有点想哭了。”

林意意笑她：“哭什么？是已经预料到自己答辩没通过延迟毕业的未来了吗？”

江沅也不生气，轻飘飘地说了句：“我们意意哪哪都好，可惜长了嘴。”

林意意厚脸皮地接了句：“我也就这一个缺点了，做人不能太完美，总得给别人留点活路吧？”

两人你一言我一语眼看就要打起来了，宁听和杨心珧笑成一团。

笑过后，两人也有些感慨，像这样肆无忌惮斗嘴互相揭短的时光也不多了呀，也正是因为想到这一点，所以原本这学期没有必要回学校的林意意和杨心珧才赶回学校一趟。尽管她们的大学生活还

有半学期才算正式结束，可大家心里都清楚，下半学期都要各自实习，聚在一起的机会并不多。

来自天南地北的四个人毕业后又将散落于天南地北。

03

宁听睁开眼睛望着天花板缓冲了一会儿才反应过来自己这是在家里。

昨天到家时已经是深夜，简单洗漱了一下便倒头睡了，从学校带回来的行李还乱七八糟地堆在地上，她在一堆衣服里找到手机，时间显示是下午一点。

她睡得昏头转向，下楼时方秀红正在打扫清洁。方秀红是宁听家以前的老街坊，宁听小时候宁学礼和柳清荷都一心扑在各自的生意上，没空照顾宁听的饮食起居，便请了方秀红帮忙照顾宁听。

后来宁听去江城念大学，方秀红不用再照顾她的饮食起居，只是固定一周三次来帮忙打扫卫生。

宁听给自己倒了杯清水，一口气喝完，问："我爸妈都不在家吗？"

"一大早就去店里了，临近年关，现在正是忙的时候。"方秀红抬头见宁听在原地发愣，"吃点什么？我给你做。"

"不用啦，我约了朋友，收拾一下也准备出门了。"她摆摆手，又上楼回了房间。

微信提示有 99+ 的未读消息，她们宿舍群的对话框在最上面，宁听点开，最新消息是林意意 @ 她问她醒了没有。

宁听回了句“刚睁开眼睛”，两人闲聊几句顺便交流了一下假期第一天的行程安排。

排在第二个的对话框微信名备注是“宁师傅”，她亲爹。十分钟前，他发来语音，问她醒了没有饿不饿。

宁听也回过去一条语音：“刚刚醒，不是很饿，有什么好吃的吗？”

过了一会儿“宁师傅”给她发过来一个视频，看样子像是厨房的冷藏室，里面都是一些食材，从蔬菜瓜果到水产生鲜应有尽有。

“想吃什么，爸爸亲自下厨给你做！”

宁听按着自己喜欢的点了两个菜：“我大概四十分钟后到榕北区的店，辛苦‘宁师傅’啦！”

宁听的爸爸宁学礼年轻时在一家五星级饭店当大厨，和柳清荷结婚后便自己出来单干了，从一开始的小饭馆经营到现在已经在榕城开了三家分店。

“宁味鲜”在榕城有口皆碑，从宁听出生到现在也有二十年的历史了，一般榕城本地人家里摆酒席或者请客吃饭都会首选“宁味鲜”。

榕北区的“宁味鲜”是总店，由宁学礼全权负责，其他三家分店都是宁听的堂叔堂伯们在负责，说起来也算是“家族企业”了。

再往下是她妈妈柳清荷发来的消息：“还没醒？我是生了一头小猪吗？”

宁听捂脸，是亲妈没错了，她回了个撒娇的表情包。

柳清荷直接打了个语音电话过来：“这会儿才醒？吃饭没有？”

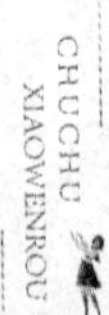

“还没有，等会儿准备直接去爸爸店里吃。”

电话那头很嘈杂，柳清荷应该是正在忙，简单叮嘱了她几句便挂了电话。

柳清荷开了一家美容店，正好赶上美容行业发展的好时候，规模几经扩张，现在开在市中心的商业广场，走高端奢华路线，客户都是些阔太太，这两年也正在计划开分店。

宁听也算是个小小的“富二代”了。

她收拾好下楼，正好方秀红也打扫好清洁准备离开，两人都要去榕北区，便一同出了门。

榕北区是宁听以前住的地方，宁听升高中时宁学礼在崇南区的若水公馆买了房，独门独栋的小洋楼，离宁听就读的榕城一中更近。

宁学礼时间掐得很准，宁听到“宁味鲜”时他的菜刚好出锅，热气腾腾地端上桌，一分钟都没让宁听等。

“尝尝这个，火候刚刚好。”宁学礼往宁听碗里夹着菜，一脸慈父的笑容，“多吃点，你看你都瘦成什么样了。”

宁听夹肉的手一顿：“‘宁师傅’，我这个冬天已经胖了五斤，你又在睁眼说瞎话！”

宁学礼笑得眼睛眯成一条缝：“胖点好，胖点看着有福气。”

旁边站着的服务员笑着对宁听说：“现在能让老板亲自下厨的也只有你了。”

“那可不，这可是我亲闺女！”宁学礼一脸傲娇，在旁边托腮看着宁听吃饭，越看越开心。

宁听一边吃一边连连赞叹：“太好吃了！

“‘宁师傅’你厨艺又进步了！

“我好久没吃到这么好吃的菜了！”

哄得宁学礼笑得合不拢嘴。

“哎——对了，你前段时间不是过敏吗？我看你这脸上还有点疹子，是不是没好彻底，要不要爸爸陪你去医院看看？”宁学礼忽然想到宁听过敏的事，盯着她的脸仔细看了半晌。

“过敏早好了，我脸上这是回来前和江沅她们一起吃火锅冒的痘。”

“好了就好，我和你妈刚知道的时候都担心坏了，过敏可不是闹着玩的事儿。”宁学礼纳闷道，“你从小就不吃海鲜，怎么上次想起来去吃海鲜，还过敏了？”

“不是海鲜，是鱼子酱。”宁听有些心虚，含糊道，“我吃之前也不知道自己过敏嘛。”

“所以我和你妈妈都商量好了，等你这次放假回来去医院做个体检，顺便再查一下过敏原，这样我们放心一点。”

知道他们都是为了自己好，宁听也没什么异议。

04

榕城大学也在榕北区，从“宁味鲜”过去有一趟公交车直达，下午约了叶梨见面，宁听吃完饭便坐公交车去了榕城大学。

宁听和叶梨是十几年的好朋友，高中毕业后叶梨留在榕城念书，而宁听去了江城大学。

7 路公交车的终点站是榕大南门，宁听在终点站下车。

毕竟从小在这座城市长大，榕城大学对宁听而言并不陌生，填志愿的时候也在榕城大学和江城大学之间犹豫，但那时候她觉得总要出去看一看外面的世界，所以最终还是选了江城大学。

榕大南门进去就是求是湖，湖畔长着一棵据说有好几百年历史的黄桷树，旁边立着一块牌子写着这棵树的由来和它的名字——厚德。

“厚德求是”来自榕大校训。

宁听摸出手机给叶梨发消息：“求是湖畔，速来接驾。”

叶梨秒回：“遵旨！”

湖光水色，即便是萧瑟冬日也别有一番韵味，就是……有点冷。

宁听半边脸埋进围巾里，思索着要不要转移到附近的食堂里等叶梨，肩膀冷不丁被人拍了一下，叶梨直接跳起来圈住她的脖子，大半个身体的重量直接压在她身上：“小半年不见，我可真是太想你了！”

宁听被重力推着往前踉跄几步才勉强站稳：“要不是我内力深厚，这会儿咱俩已经双双掉进求是湖了。”

叶梨从她背上跳下来，摊开手掌：“不知皇上这次征战归来可有给臣妾带礼物？”

“快看，这都是朕为你打下的江山！”宁听小手一挥，豪气直冲云天。

“得了吧你！”

两人手挽手一路说说笑笑，漫无目的地在校园里闲逛。

路上遇到一群穿着统一运动服的男生，看见叶梨整齐地打招呼：“学姐好！”

这是什么情况？宁听疑惑地看看这群男孩子又疑惑地看看叶梨，发现一向把“酷”刻在脸上的叶梨此刻难得地展现出娇羞的一面，双颊浮起两朵红云。

宁听莫名联想到一个词，铁汉柔情。

要知道自从她认识叶梨以来，就没在叶梨脸上看见过这种含羞带怯的表情，高中时班上所有男生见了叶梨都要尊称一声“大哥”。

这事是有原因的。

高一时他们班教室在三楼，窗外是遮天蔽日的黄桷树叶，有天晚自习有条小青蛇顺着树枝爬进了他们班教室，在窗台上耀武扬威地吐着红芯子，靠窗的那个男同学差点直接吓昏。

“啊——”

教室瞬间乱成一锅粥，哀号遍野，连一向以“猛男”自称的体育特长生都吓得花容失色，手脚并用地挂在同桌身上。

就在这时，英雄的叶梨同学登场了——“都闪远点，我来！”

她手握扫帚，像握着一把利剑，快准狠地将小青蛇和扫帚一起扔出窗外。

掌声欢呼声经久不息，叶梨也一战成名。

从那以后不管多桀骜不驯多有性格的男同学，看到叶梨都会喊一声“大哥”。

所以眼下叶梨这个状态，明摆着是有瓜吃。

宁听意味深长地看着叶梨，拖长了声调：“学姐好——”

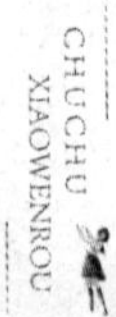

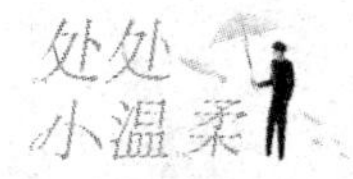

“干什么，认识的学弟打个招呼有什么问题吗？”中气明显不足。

“没问题啊，你脸红什么？”

“什么脸红！我这是气色好！”

“那你气色确实挺好的，一脸大补过头的样子。”

叶梨被宁听一脸似笑非笑“我早就看穿了一切编啊你有本事继续编啊”的表情看得心里发毛，豁出去道：“没错，我确实是和我们学校足球队的一个学弟谈恋爱了！”

平地一声雷。

宁听被震得大脑一片空白，脑海里飘过三个字：喵喵喵?

没错，她是觉得这里面有猫腻，但万万没想到她拿着小铁锹随意一挖竟挖出这么一个重磅炸弹。

朋友一生一起走，谁先脱单谁是狗?

原是她错付了。

叶梨见宁听不说话一脸云里雾里的表情以为她生气了，着急地解释道：“我不是故意瞒着你的！我们也是昨天才在一起的，我就想着等你回来了当面跟你说，谁知道你自己先看出来了？这事说来话长，你让我捋一捋，我从头给你讲起。”

五分钟后，两人坐在学校一家咖啡厅里。

宁听双手环胸：“坦白从宽。”

于是叶梨花了近一个小时“坦白”，说得明明白白，从两人第一次见面讲起，中间宁听还快进了好几次。

叶梨讲着讲着就羞涩一笑，提到小学弟时眼睛里的笑意藏都藏不住。

宁听不禁感慨爱情还真是神奇，任他百炼钢也能化成绕指柔。

最后叶梨以“我真的特别特别喜欢他”结尾，顺便问宁听：“你有喜欢的人吗？除了虚无缥缈的枕风。”

宁听摇头，但事实上在听到这个问题的瞬间，司瑄的脸在她脑海里一闪而过。

05

司瑄毫无预兆地打了个喷嚏。

靳远洲在旁边唱：“如果你突然打了个喷嚏，那一定是我在想你哦哦哦——”

司瑄面无表情地瞥他一眼。

靳远洲读懂了他的眼神——“有病就赶紧吃药”，他是有病来着，回国前通宵蹦迪蹦感冒了，现在还流鼻涕呢，所以他问：“你这儿有药吗，我得吃点药。”

司瑄掀了掀眼皮：“没有，奋乃静是处方药。”

靳远洲直接茫然：“什么静？”

“奋乃静，治疗精神分裂的药，我这里没有。”司瑄脾气很好地解释了一遍。

屋子里诡异地安静了两秒，似乎有一阵寒风吹过，靳远洲夸张地打了个寒噤：“你真的很冷哎。”

拐了十八道弯骂他有病，智商低一点的人还领会不了。

“我不吃奋乃静，我就想吃颗感冒药。”

“感冒药也没有。你什么时候回家？”

“我不回家，你这房子不是挺大的吗，再住我一个也不嫌挤。”

司瑄按了按额角：“挤。这是一室一厅。”

“你那不是双人床吗？”靳远洲朝房间努了努嘴，“双人床不能睡两个人凭什么叫双人床！”对上司瑄直击人心的冷漠眼神，他瞬间心虚，声音都低了两度，“其实我睡沙发也可以的，我最喜欢睡沙发了！”

“随便你。”

大一有短期实践，期末考试结束后还要再留校一周，所以司瑄还没回家。

而靳远洲是今天下午的飞机直达江城，据他自己说是因为：“昨天梦到你在这里吃不好喝不好睡不好骨瘦如柴面黄肌瘦，实在是太担心了，所以醒来立刻就买了票回来看你。”

司瑄：“我还活着，你可以走了。”

“回都回来了，自然是要住一段时间再走的。”

但真实原因是靳远洲在大洋彼岸天天不务正业撩妹鬼混的事被他爹知道了，直接一个越洋电话喊他滚回来“聆听家训”，直白点的说法叫挨骂。

所以他赖在司瑄这里不肯回家。

靳远洲家世代为商，底蕴深厚。因为是靠制茶起家，所以家风温敦雅致，靳家人个个知书达理、儒雅随和，仿佛生于高岭餐风饮露的清茶。

而靳远洲是屹立山巅的奇葩。

此刻这朵奇葩正在盘算别的事，他这次回国的目的之一是想认识一下那个和司瑄共进烛光晚餐的女生。

他实在是太好奇了，究竟是何方神圣能让这位把“无欲无求”写在脸上刻在心里落实在行动上的“神仙”动凡心。

靳远洲旁敲侧击：“我上次给你推荐的那家餐厅好吃吗？后续怎么样了，我给你发消息你都没回。”

哦，靳远洲不提，他还差点忘了。

司瑄嘴角微扬，皮笑肉不笑：“后续是她鱼子酱过敏直接进医院了。”

啊这——靳远洲摸了摸鼻子，按他的剧本，两人应该在浪漫的烛光晚餐里袒露心意，手拉手收获甜美爱情共同谱写人生新篇章！

这剧情走向他是万万没想到的，他问：“人没事吧？”

司瑄冷笑。

这是心疼了、生气了，还是被人家女孩子拒绝了所以迁怒到他身上了？

靳远洲决定拯救一下司瑄还没来得及绽放就凋谢的爱情花骨朵，他提议道：“你看我事先也不知道她鱼子酱过敏，害人家进医院还怪不好意思的。那要不你替我请人家吃顿饭聊表歉意？”

“不用。”

靳远洲还想再争取一下，司瑄放在茶几上的手机屏幕亮了一下，微信提示有新消息进来，一个备注是“不听不听”的人给他发了几张图片。

第六感告诉靳远洲这个“不听不听”一定就是那天和司瑄共进

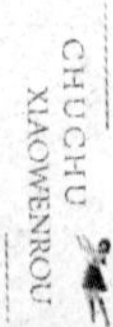

烛光晚餐不幸过敏进医院的女生，他不着痕迹地往司瑨身边挪了挪，抻长了脖子往司瑨手机屏幕上看。

司瑨点开大图，是那天在福利院的合照。

不听不听：那天拍的照片，一直忘记发给你了。

司瑨挨个保存了图片，回：收到。

想了想，他又发过去一条“谢谢”。

宁听回了个“不客气”的表情包。

凭借 5.0 的视力，靳远洲看到了那张大合照里的宁听，像素低又隔得远，五官不是很清晰，他只大概看了个轮廓，笑得挺甜的。

“‘不听不听’？这名字有点意思，是谁啊？”靳远洲又在套司瑨的话。

“一个朋友，你不认识。”一直没给宁听改备注，司瑨在备注框里输入“宁听”两个字，想了想又删掉。

不听不听，还挺可爱的。

“一个朋友”，靳远洲从这句话里听出来一点不一样的意思，司瑨不是那种和谁都能做朋友的性格，能被司瑨称为“朋友”的人，想必对司瑨而言都是特别的，比如他自己。

06

宁听盯着微信聊天界面看了几分钟，备注为“司瑨”的对话框一直没有新消息进来。

她点开司瑨的头像，两鬓斑白的老人正背对着镜头在拉小提琴。

黑白底色的照片，却并不让人觉得压抑，反而给人一种很“静”的感觉，静到仿佛能让人感受到岁月在缓缓流淌，温暖又厚重。

宁听的思绪顺着这张照片向外延伸，等回过神才发现自己已经盯着这张照片发了好几分钟的呆。她把手机翻过来屏幕朝下放在桌子上，懊恼地捂脸，最近自己到底是怎么了。

思绪飘回那天两人一起从城南福利院回学校，她喊住司瑄，故作轻松地说：“咱们加个微信吧？”

正好有鸣笛声响起，盖过她的声音，司瑄没听清，偏头看她：“什么？”

好不容易酝酿好的勇气就这样偃旗息鼓，她把围巾往上扯了扯，遮住发烫的脸颊，闷声道：“没什么，提醒你有车来了。”

司瑄收回视线，不动声色地放慢脚步，和宁听并肩：“你还记得你欠我一个心愿吧？”

“啊？”宁听愣了愣，想到那个包了榴梿奶糖的饺子，点头道：“记得。你已经想好了？”

“没有。”

“先说好啊，要在法律和道德允许的范围内且不能违背公序良俗。”

司瑄轻笑着“嗯”了一声。

过了一会儿，微信提示有新的添加好友请求，宁听点开发现是司瑄，她抬头刚好对上司瑄的目光，对方笑着朝她晃了晃手机：“通过一下，方便讨债。”

宁听疑惑道：“你怎么知道我的微信？”

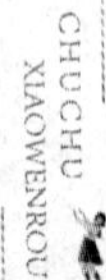

“搜索手机号。”

哦，是了。

她怎么就没想到呢?

刚刚还沮丧低落的情绪瞬间明朗起来，明明也不是什么值得高兴的事情，可她的嘴角就是不受控制地高高翘起。

加上微信后，两人也没聊过天，界面还停留在“我通过了你的朋友验证请求，现在我们可以开始聊天了”。

直到刚才，宁听翻相册的时候看到那天在城南福利院拍的照片，挑了几张发给司瑄，换来一句言简意赅的“谢谢”。

宁听打开网页搜索“喜欢一个人的表现”，一圈回答看下来心中的答案越发清晰。

她关掉网页，打开微信在宿舍群发消息：我完蛋了。

因为放假，小伙伴们都有充足的时间在互联网上冲浪，所以几乎都是秒回。

是沅不是圆：你的开题报告又要重写?

摇摇乐：怎么了?

给爷爬：快说出来让我幸灾乐祸一下。

宁听：……

是沅不是圆：@给爷爬 你怎么又改昵称了?

摇摇乐：从林意意的昵称的暴躁程度可以很直观地推断出她目前的感情状态。和上次旅行认识的白衬衣聊崩了?

给爷爬：往事不要再提。

杨心珧和江沅歪楼八卦完林意意的感情状态，才想起来关心宁听。

是沉不是圆：@不听不听 请将你的经历细细道来。

不听不听：我好像喜欢上司瑨了。

平地一声雷。

很快宁听就接到了林意意的语音通话邀请。

她接听时，江沅和杨心珧都已经在线，三个人你一言我一语，乱成一锅粥，隔着网络都能感受到她们熊熊燃烧的八卦之魂。

见宁听加入语音通话，她们摆出一副三堂会审的阵势，开始连环提问。

江沅："你是不是背着我们又和学弟发生了什么故事？"

杨心珧："学弟做了什么突然就打动了你？"

林意意："学弟有跟你表明过心意吗？"

宁听挨个回答了她们的问题，但她脑子现在乱得很，自己都不知道自己在说些什么。

林意意问她："你是怎么确定自己喜欢上学弟的？"

宁听小声地回答："我上网搜了。"她顿了顿，"上面的几条症状我都有。"

江沅好奇道："什么症状？"

"总是会不由自主地想起他。"

林意意："还有呢？"

"在他面前总是表现得很不自然，缩手缩脚。"

"我昨晚，还梦到他了……"

杨心珧"啧啧"感慨道："原来我们听宝不是感情迟钝，只是

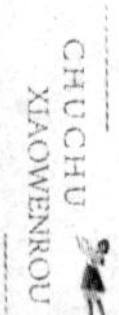

没遇到对的人啊。”

江沅和林意意连声附和，面对她们的调侃宁听倒是很坦然，问：“所以我现在要去表白吗？”

“当然不行！”三人异口同声。

林意意着急道：“你要等他先表白！”

宁听不解：“是我喜欢他哎，那不是应该我表白吗？”

林意意给宁听灌输了一大堆“在感情里先开口的一方总是处于被动状态”这一类的情感鸡汤。

宁听似懂非懂：“可是我也不确定他到底喜不喜欢我哎。”

江沅：“他当然喜欢你！不喜欢你为什么要请你吃烛光晚餐！”

杨心珧：“他当然喜欢你！不喜欢你怎么会在医院照顾你一整夜！”

林意意：“他当然喜欢你！你长得这么好看！”

江沅一副“我很懂”的口吻：“学弟只是太害羞了，你要适当主动，给他创造机会，引导他主动表白。”

还真是复杂，宁听懵懂地问：“我要怎么给他创造机会？”

林意意笑得神秘莫测，挂断电话后，在群里分享了一个文档——《如何成为高级茶艺师》。

不听不听：这是什么？

给爷爬：助你拿下小学弟的制胜法宝。

是沅不是圆：这种秘籍你要是早点分享出来我和听宝也不至于单身到现在了！

给爷爬：和我分享得早或晚没关系，你打开看看第一条。

江沅打开文档，一排加粗加大的黑体字出现在她眼前：首先你得长得好看。

是沅不是圆：打扰了。是奴婢僭越了。

不听不听：……

第六章
好春光，不如梦一场

01

除夕夜，宁听窝在房间和叶梨聊天，准确地说，是听叶梨倾诉她甜蜜的少女心事。

少女情怀总是诗，还是酸不拉唧的情诗。

叶梨的男朋友邱旸是榕大足球队的队长，榕大经管学院的学生，比叶梨低一个年级。

宁听在叶梨乐此不疲的秀恩爱行为中被迫得知了两人相识相恋

的全过程。

榕大足球队在那一年的CUFA（中国大学生足球联赛）中获得冠军，彼时还是榕大新媒体部负责人的叶梨接下采访他们的任务。为了更深入地了解足球队的日常，写出更优质的新闻稿，在采访之前叶梨先密切观察了他们一星期，足球队每次训练她都在，甚至还厚着脸皮去蹭了人家的团建聚餐。

叶梨本来就是外向洒脱的性格，一星期下来和足球队每个人都称兄道弟，新闻稿也写得特别顺畅，还刊登在《榕城日报》上。

经过这一周的相处，叶梨和足球队一群人建立了深厚的革命友谊，他们每场比赛叶梨都会去加油助威，一个人能顶一整个啦啦队。

“我拿他当兄弟，他却想追我。”当事人叶梨回忆起这段过往时半是炫耀半是甜蜜地吐槽。

邱旸和叶梨从朋友到恋人也是历经坎坷，虽然这些坎大多都是叶梨自己给自己挖的坑。

“寒假怎么还不结束啊！”叶梨突然在电话那头感慨。

“嗯？你变了，你从前可是希望一年放九个月假上三个月课的。”

“异地恋的心酸你这种单身狗不懂。”

“狗死的时候没有一个叶梨是无辜的。”宁听冷笑着反击，正好柳女士在楼下喊她。

宁听应了一声，对电话那头的叶梨说：“先不聊了，我妈在喊我。”

宁听趿着拖鞋下楼，刚过拐角就听到柳女士的数落：“今天可是除夕夜，你也不说下楼陪陪我和你爸，就知道自己一个人关在房间，嫌我和你爸烦呗？”

正窝在沙发上看春晚的宁学礼接话道：“应该就是嫌你烦吧，和我没多大关系。”然后就被抱枕砸了头。

宁听抱着柳女士的胳膊撒娇：“我这不是想让你和我爸过二人世界嘛。”

柳女士斜睨着她：“你一年到头也没多长时间在家，我和你爸过二人世界都过腻了，现在我就想享受一下天伦之乐。”

“好好好，天伦之乐。”宁听从果盘里拿了个橘子，狗腿道，“给您剥个橘子吧，我亲爱的母亲大人。”

宁学礼：“你的父亲大人想吃一个苹果。”

“不削皮的那种可以吗？”

橘子剥到一半，门铃响了起来，柳女士站起身：“我约了你方阿姨一家一起守岁。”

宁听疑惑地看她，大过年的，人家不用阖家团聚吗？

“你方阿姨一家今年没回老家过年，觉得三个人一起守岁冷清，正好咱们家也是三个人，凑一块守岁热闹。”柳女士随口解释了几句，说完打量了一眼宁听，皱眉道，“去换身衣服。”

宁听低头看了眼自己，奶牛连体睡衣，挺可爱的啊。

但既然柳女士下令，她也不敢反抗，乖乖上楼换衣服去了。

宁听换好衣服下楼时客厅多了三个人，不等柳女士吩咐她礼貌地打招呼：“方阿姨，周叔叔，”视线落在端坐在沙发一角那人身上，顿了顿，声音清脆地喊他，“周述哥哥。”

周述笑了笑，春风拂面般。

方筝亲昵地拉着宁听的手，夸赞道：“小听真是越长越水灵了，看着就让人高兴。”

这话宁听不知道该怎么接，只能笑，笑得又甜又乖。

两家大人在你来我往地寒暄，无非就是我夸你家孩子聪明，你夸我家孩子伶俐。

宁听在旁边听得无地自容，她怎么不知道自己有这么多优点呢？她偷偷看了眼周述，他坐得笔直端正，心无旁骛地在认真看春晚。

这等定力，宁听真的佩服。

大人们聊着聊着决定搓几圈麻将过过瘾，四个人刚好凑一桌，柳女士坐在麻将桌旁使唤宁听：“给我们切点水果，装点瓜子花生桂圆什么的，把你过年囤的那些零食也拿点出来，好好招待你周述哥哥，别老想着窝在房间里玩手机，过年就该热热闹闹的！”

“知道啦——”

02

两家人是邻居。

刚搬到若水公馆的时候柳清荷带着宁听去拜访新邻居，和方筝寒暄间得知她有个儿子周述，也是榕城一中的学生，不凑巧的是今年刚毕业，和宁听完美错过。

那时候高考刚放榜，但两人还不熟，所以柳清荷也不好问人家的成绩，只说了几句漂亮话。

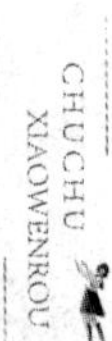

两人正聊着天，周述从外面回来，身后还跟着几个同学。

十七八岁的少年，舞象之年，意气无限。

“这是刚搬来的邻居柳阿姨，这个小妹妹叫宁听，马上也要去一中读书呢，是你的小学妹哦。”方筝这样介绍她。

周述喊了声“柳阿姨”又冲宁听点了点头，算是问好。

方筝的目光在周述和宁听两人之间打转，俏皮地冲宁听眨了眨眼睛：“我们家周述是他这一辈最小的孩子，从小就盼着能有人喊他一声哥哥，可惜一直没能如愿，小听介不介意满足他这个心愿呀？”

宁听从小就是嘴甜的孩子，听她说完立刻就甜甜地喊了声“周述哥哥”。

周述的同学都在他身后起哄，纷纷捏着嗓子喊他“周述哥哥”，硬生生喊红了他的耳朵。

后来一中开学，宁听在校门口的红榜上看到周述的名字，全校第 7 名，被首都医科大学录取。

两人见面的机会其实不多，周述在外地求学，逢节假日才会回家一趟；而宁听升高中后学习压力大，经常是学校家里两点一线。

高二的暑假，柳清荷请周述帮宁听补习英语，两人是从那时候开始熟悉起来的。

宁听偏科，数理化成绩都很好，语文勉强，英语一塌糊涂。

周述给宁听恶补了两个月的英语，一向温暾的周述都被她气得抓狂了好几次。

再后来周述出国留学，宁听也去江城念大学，两人其实也很久没见了。

“需要帮忙吗？”

宁听正在厨房切水果，周述突然在她身后出声，吓得她差点把刀扔出去。

“人吓人可是会吓死人的！”

周述耸耸肩。

“你把这个给他们端去吧。”宁听把刚切好的果盘递给周述，顺手拈了瓣橙子，酸得直皱眉。

两家的父母在麻将桌上热火朝天地“碰”“杠”“和”，宁听和周述看着春晚，有一搭没一搭地聊着天。

“论文写得怎么样了？”

放假后几乎没开过电脑的宁听心虚了一瞬，含糊道：“正在写……”

过了一会儿，周述又问：“实习找好了吗？毕业后是准备留在江城，还是回榕城？”

宁听特别想说实在不知道聊什么的话其实可以不用聊天的，春晚还挺好看的。她看着周述，诚恳地建议道：“大过年的，咱就不能聊点喜庆的话题吗？”

周述愣然了一瞬，笑着问：“什么是喜庆的话题？”

嗨，说到这个她可就擅长了。宁听清了清嗓子：“周述哥哥，你今年二十四岁了吧？有女朋友了吗？工作稳定下来了吗？老婆本攒够了吗？准备什么时候结婚呀？”

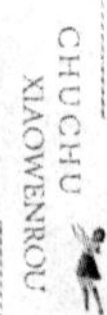

五连问结束之后，空气安静了三秒。

“嗯，马上就要过二十五岁生日了。暂时没有女朋友。工作差不多算稳定下来了。至于老婆本，还没开始攒。近两年没有结婚的打算。”周述慢条斯理地挨个回答完她的问题，而后笑道，“你让我想到了我奶奶。”

“你还让我想到了我的论文指导老师呢！”

周述点点头，恍然大悟道：“所以你这些问题都是在报复我？”

宁听正色道：“不，是在关心你。”对上周述一脸“哦，是吗”的表情，她泄了点底气，补充道，“真的，我大伯母就是这么关心我哥的。”

“还真是沉甸甸的关心啊。”

“那谁让你总问些我不想回答的问题来着……”宁听小声地嘟囔。

“体育广场零点会放烟花，要去看吗？”周述看了眼时间，“现在过去正好能赶上。”

“可以呀。”体育广场的烟花其实他们在家里的阳台上也能看到，可能在现场看更有氛围吧。既然周述想看那就陪他去看好了。

两人出门去看烟花，正在麻将桌上酣战的四个人大手一挥：“玩得开心啊，注意安全！”

广场上的人比宁听想象的要多，虽然没到人山人海的地步，但也十分热闹。中心的显示屏上正在同步直播春晚，有点像在看露天电影。

晚上十一点五十五分，宁听捧着手机开始思索新年祝福的文案。

她是一个很懒的人，所以极少主动给人发祝福信息，一般都是收到祝福后再给人回复。要么是复制粘贴收到的创意文案，要么就是言简意赅的“新年快乐，恭喜发财”。

但今年有了想要祝福的人，可是她想了许久也没想到满意的文案。

最后在主持人开始倒数时，她点开司瑄的头像在对话框里输入：新年快乐，万事胜意。

倒数的“一”字音落下的时候，她点击了发送。

是她送出的第一个新年祝福。

“新年快乐。”

周述的声音在宁听耳旁响起，她抬起头，笑着回他：“新年快乐。”

03

司家老宅临湖而建，青瓦白墙的庭院错落有致地分散在湖边，从高处看像是一柄玉如意，唤作无暇。

宅子建成至今已有许多年，处处都是时光的痕迹，这是司家的根基。

司瑄并不常来无暇园，只有像过年这样的大日子才会来，老宅规矩多，他不喜欢。

比如每年除夕守岁的固定环节——听训。

除旧疾，迎新岁。

所有男丁按辈分和年纪排队去聆听长辈的教诲，据说这是从老宅建成第一年便立下的规矩。

现在司家的长辈，是司瑄的祖父。

司瑄是他这一辈年纪最小的男孩，轮到他去“听训”的时候已经接近十二点，旧的一年就快要结束了。

“是司瑄来了？”祖父年纪毕竟大了，熬夜撑到现在精神已经不是很好，见司瑄进来提起精神问了一句。

“嗯。”司瑄敛眉应了一声。

“坐到我跟前来，让我好好看看你。”他说话时已经不再像从前那样中气十足，上眼皮低垂，眼睛也不再清明，脸上布满深深浅浅的纹络，连眉毛都变得灰白。

印象中的祖父总是精神矍铄，眼神锐利，说话时声如洪钟，不苟言笑，和眼前这副老态龙钟的样子判若两人。

“许久没见到你了，好似又长高了一些？”祖父轻轻打量着他，笑着问，“司瑄今年有十八岁了吧？沉稳了许多，记得你小时候可调皮得很。”

这句话又勾起司瑄一些回忆，他从小便不爱来无暇园，因为祖父总是板着脸训人，走路快了要挨骂，说话声音大了要挨骂，吃饭慢了要挨骂。

有一次他被骂得烦了，偷偷往祖父的茶壶里撒了一大把盐，看见祖父皱眉咽下茶水的时候别提有多开心。

“听你父亲说你大学学的是音乐？”

司瑄原本放松的神经瞬间紧绷起来，下意识地站直了身体，语气有些微的抗拒：“是的。”

“挺好的。既然学了就要学好，以你外祖父为榜样，不要辜负他对你的期待。”祖父一字一句，说得分外郑重。

意料之外的回答让司瑄有片刻的愣怔，记得去年听训时祖父问他今后的打算，他说想要学音乐可是结结实实挨了一顿骂，最后闹得不欢而散。

所以今年的听训他一开始就格外抗拒排斥，结果和他预想的情形几乎是背道而驰，祖父似乎变了许多。

纷繁杂乱的情绪涌上心头，许多话想问却不知怎么开口，最终他只是轻轻点了点头。

“好了，”祖父挥挥手，“时候也不早了。”

司瑄出门时听到祖父似乎在说话，可惜被凛冽的夜风吹散，只听到一声极轻的喟叹。

新年的钟声敲响，头顶散开漫天烟花，司瑄驻足抬头望，脸庞被烟花映得忽明忽暗。

兜里的手机不断在振动，不用看也知道是大拨群发的新年祝福。

“嘿！”肩膀忽然被人拍了一下，司瑄回头，是堂哥司琮。

“你怎么傻站在这儿？刚听完训出来？”司琮兴冲冲地问他，“今年你挨骂了吗？”

司瑄摇头。

“我刚问司玦哥和司琼姐，他们也都没挨骂，为什么就骂我？”司琮委屈巴巴地控诉。

“那还不是因为你自己找骂！”是司琼的声音。

司家做玉石生意起家，这一辈的孩子名字里都带个“王”，司玦，司琼，司琮，司瑄。

司琼裹着一张大毯子仍然冻得直哆嗦，走到两人跟前，问司瑄：“叔叔婶婶都在肃和厅，你要过去吗？”

司瑄摇摇头。

“那你到我们那边去玩吧，好长时间没见你了，一起聊聊天吧！”司琼一向很喜欢这个堂弟，小时候机灵可爱，长大了懂事乖巧，最最重要的是长得好看，看着就让人开心。

司琮跟在身后喊：“我也去！”

院子里四处都挂着红灯笼，脚底是方方正正的青石板，司瑄突然觉得无暇园也挺好的，老宅子有老宅子的韵味，时间在这里仿佛都被拉长了。

几个人就着热茶和点心聊天，交流这几年的挨骂心得，聊了一圈发现司玦和司琼自从成年后再去听训就没有挨过骂，司瑄今年也没挨骂，都是鼓励和肯定，只有司琮年年都在挨骂。

司琮和靳远洲现在在一个学校念书，还是舍友。

这么一想，似乎不难理解司瑄为什么会年年挨骂了。

聊到最后，司琮忽然叹了口气：“我真的太羡慕司瑄了，他应该是咱们家最自由的人吧。”

司玦和司琼都沉默，司瑄还在消化司瑄话里的“自由”，气氛忽然变得凝重。

司琼笑着捶了司琮一拳：“这还不都是因为咱爸没有小叔看得开。”她和司琮是亲姐弟，她口中的小叔指的是司瑄的父亲。

司琮不喜欢经商，但还是被扔到大洋彼岸学管理，对比起来他确实很自由。

司瑄忽然顿悟，他可以按自己的喜好支配自己的人生，这就是他的自由，而这自由都来源于父母对他的爱与包容。

夜深茶凉。

司瑄睡前清理了一遍消息，在一堆祝福信息里看到宁听发来的信息：新年快乐，万事胜意。

大概也是群发的，还是那种极不走心的群发。

他想了想给宁听回：新年快乐。

这也是他今年送出的第一句祝福。

04

在家里过完正月，宁听开始收拾行李准备返校。

原本大四下学期是不用这么早返校的，但她情况特殊。前两天刚收到系主任的信息告诉她过了“新星计划”的简历筛选，让她尽早返校准备去星锐报到。

“你年前不是说还没决定好在哪实习吗？怎么这么突然就决定在江城实习了？”柳清荷在帮宁听熨衣服，语气里的不满很明显。

宁听躺在沙发上，嘴里刚咬了口苹果，含混不清道：“我也是刚收到通知。”

“这个实习不能推吗？我和你爸都觉得你留在榕城实习更好，发展空间不比江城小，离家也近，我和你爸还能照顾你。”柳清荷说着给宁学礼递了个眼神。

“对啊，你看你在江城读书这几年瘦了多少？还不都是因为我和你妈没能在身边照顾你。”宁学礼赶紧搭腔。

宁听被他俩一唱一和给逗笑了，她确实是没看出来自己哪里瘦了。不过她也能理解作为父母总是希望儿女能陪在身边，她原本也是这么打算的。

过完年就在榕城找个实习工作，顺利的话毕业就回榕城工作。这几年在江城读书也算是见识过“外面的世界”，她是恋家的人，父母身边才是最让她安心的地方。

所以系主任找她说星锐实习机会的时候她很犹豫，也想过拒绝把机会留给别人，但最后还是抱着试一试的心态上交了简历和作品集，没想到过了。

过了也不意外吧，毕竟她这么优秀，想到这里宁听还有些得意。

她盘腿坐起来，举着苹果简单解释了一下她这份实习工作，最后总结道：“我们系的学生挤破头都想进星锐实习，机会难得，馅饼好不容易落到我头上了不咬一口也未免太可惜了。”

见父母都不太开心的样子，她又补了一句：“而且，这只是实习而已，也不一定就能留下来，万一被淘汰了我还是会回榕城找工作。”

“我女儿这么优秀，怎么可能被淘汰！”宁学礼纠正她，骄傲得尾巴都要翘到天上去了。

宁听“咔嚓”咬了口苹果，笑着问他：“那你是希望我能留在星锐工作了？”

“啊……这，”宁学礼有些踌躇，问，“这个什么星锐在榕城就没有分公司吗？”

宁听摇头。

“那如果你能被留下来你就在江城工作也可以，不管你做什么决定我都是支持你的。”宁学礼说得十分郑重，虽然听起来还是多多少少有些不情愿。

“我也还没想好呢，暂时走一步看一步吧。”宁听说着又躺倒在沙发上。

丁砀也收到了系主任的通知，给宁听发消息问她有没有收到通知，宁听咬着苹果给他回消息：收到了。

Down：那你准备什么时候回学校?

不听不听：我现在开始有些怀疑这份实习的含金量了。

Down：?

不听不听：连你都能通过，他们筛选简历都不看人品的吗?

丁砀看着消息都气笑了，他人品怎么了?

Down：你哪来这么多夹枪带棒的话，我骗你钱还是骗你色了?我这人虽然渣了点，但从来都渣得坦坦荡荡好吗?

不听不听：你欺骗了意意的感情。

Down：……

Down：大哥，我俩都分手八百年了，而且是和平分手好吗!

不听不听：和平分手就不会伤心了吗?

Down：林意意自己都放下了，你还在这里跟我较什么劲哪。

宁听哼笑，意意才没有放下呢。

和丁砀分手后，林意意谈了一场又一场短暂的恋爱，假装洒脱，假装自己很酷。她原本也是一个看见喜欢的人会腼腆地笑，会脸红的小女生。

见证了他们恋爱的全过程，宁听是知道林意意有多喜欢丁砀的。

那时候还是大一，军训刚结束，丁砀约宁听一起吃饭，顶着一头漂成淡金色的头发站在女生宿舍楼下，细碎的阳光落在他头顶，闪花了一众少女的眼睛。

其中就有林意意，她悄悄地在宁听身边感慨："他好帅啊！"

宁听赶紧戳破了她眼睛里的粉红泡泡："你可别被他的外表迷惑了，这就是一人形豆腐渣。"

没想到最后林意意还是沦陷了，而且是她主动追的丁砀。

感情的事旁观者确实没有立场说什么，宁听也知道其实丁砀也没什么错，至少在他俩恋爱期间他对林意意是一心一意的。

但她就是想骂丁砀，毕竟是他提的分手，害意意哭得那么伤心。

Down：就为这事你追着我骂了三年，累不累啊你。我渣又不是一天两天了，你才认识我吗？

Down：小孩子别掺和大人感情的事，好好写毕业论文。

不听不听：等我骂到大学毕业，这事就算翻篇了，你再坚持坚持。

Down：让你搅得我都忘了正事，你准备什么时候回学校？回学校前喊上叶梨一起吃顿饭吧，还有她那小男朋友，也领出来让我们见见，我好好给她把把关。

宁听翻了个白眼，就他也好意思给人把关？

05

过了惊蛰天气渐渐回暖。

宿舍的床褥一个多月没人睡落了灰，也有些潮。外头艳阳高照，正适合晒被子，宿舍楼下的架子上已经晒满了五颜六色的被褥。

宁听抱着床褥去附近的操场上找空位，安顿好被褥之后她又折去超市买了零食和水，坐在看台上晒太阳。

好春光，不如梦一场。

这样悠闲的日子也没有几天了。

有学弟学妹在上体育课，蓝天白云，还有操场上奔跑着的少年，宁听心里缓缓生起一缕属于大四学姐的惆怅。

视线中忽然出现一道熟悉的身影，她往下挪了几个台阶，离跑道近了点，想确认那人到底是不是司瑄。

等人从她面前跑过去，宁听这才确定自己没看错，是司瑄，但他好像没看到她。

跑完一千米有几分钟的休息时间，司瑄就站在离宁听不到十米的地方，正偏头听一个男生在说话。

或许是宁听的目光太过热切，司瑄忽然朝她这边看了一眼。

宁听僵了一下，装没看见也不太好，于是伸手打了个招呼。

司瑄似乎也愣了下，然后朝她走了过来。

他穿着浅灰色的套头卫衣配同色系的运动裤，有几绺头发被汗水浸湿软软地贴在额头上，整个人干净明朗得像是春雨里洗过的太阳。

他迎着微风向她走来，每一步都仿佛踏在她的心跳上，直到在她面前站定，她强装镇定地笑了笑，问：“在上体育课吗？”

“嗯。”司瑄也没明白自己为什么要特地走过来回答宁听这个

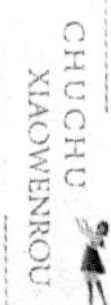

明显没话找话的问题，大概是因为在看见她的瞬间身体比大脑先做出反应。

宁听穿着一件嫩黄色的线衫，及腰的长发随意地束在脑后，发尾那一截在阳光下闪着淡淡的蓝，她微眯起眼睛仰头看他，嘴角微翘。

两人一坐一站，一时都不知道该说些什么，一阵风吹过，发丝微微晃动。

宁听理了理被风吹乱的碎发，余光瞥到手边还没有拧开的水，顺手拿起来问司瑄："要喝水吗？"

刚跑完1000米嗓子确实有些干涩，司瑄接过水说了句"谢谢"。

他微侧身体对着她，喉结随着吞咽的动作起伏，宁听只看了一眼便别开眼睛，心里默念着"非礼勿视"。

体育老师在吹集合哨，司瑄拧上瓶盖把水放回她身侧，扔下一句"我先过去了"便大步跑开。

宁听的目光在司瑄背影上停留几秒又落在身旁的水瓶上，不知是被太阳烘的还是其他什么原因，她的脸颊微微发烫。

回学校第一天就遇到司瑄，这就是江沅口中的"缘分"吗？

那瓶他喝了一半的矿泉水就放在她身旁，荡漾着浅浅的涟漪，一如她此刻的心情。

宁听放眼望去，司瑄此刻正在体育老师的带领下做热身动作，长手长脚的，每一个动作都舒展标准，赏心悦目。

宁听打开手机，点开一个论坛APP，提示有99+的未读消息。她咋舌，这个账号关注的都是一些和设计相关的话题，没什么粉丝，偶尔点开也只有零星几条系统群发的消息，这是被炸号了？

点开未读信息看了几条她才想起来，是她年前发布的一条匿名互动提问：喜欢一个人要不要表白？

大概是那天在她意识到自己可能是喜欢司瑄的时候，先是和江沅她们说了这件事，然后又匿名在论坛上发表了提问。

因为没什么粉丝，所以她提问时也没想过会有人回答，更像是在问自己。

后来她更是忘了这件事，直到今天打开APP。

宁听的提问上了精选，有很多人回答了她这个问题。

有人在回答里鼓励她勇敢一点去表白，不要留下遗憾。

也有人劝她三思，太主动的话对方不会珍惜。

还有人在回答里分享了自己的故事，给她做参考。

宁听一路看下来，回答里有人因为主动表白收获了甜蜜的爱情，有人因为主动表白而渐渐与喜欢的人变得疏远。

爱情本来就不是可以套公式的数学题，过程与结果都因人而异。

她点开微信，在宿舍群里发：男生都喜欢什么样的女生？

给爷爬：你这个问题太抽象了，你应该直接问司瑄喜欢什么样的女生。

不听不听：那司瑄会喜欢什么样的女生呢？

给爷爬：好好研究我分享给你的《如何成为高级茶艺师》，你会在里面找到答案。

不听不听：……

过了几分钟群里都没人再说话，宁听也习惯了。自从大家都开

始实习后就经常聊着聊着就失联，有时候同一个话题到隔天才能再续上。

生活不易罢了。

06

“江大百事通”的出稿速度真的很快。

晚饭时，宁听收到了江沅发给她的公众号推文链接，文章标题——“这两人看起来还挺般配的是怎么回事？”

宁听点进去，主角又是她和司瑄。

下午在操场上那一幕被人看见然后匿名投稿给“江大百事通”，于是有了这篇文章。

她不由得感慨“江大百事通”的狗仔真的遍布全校，平常学校里有个什么风吹草动他们都能第一时间知道，然后迅速完稿，效率之高让人自愧不如。

文章除了以第三者的视角添油加醋地讲了一遍宁听给司瑄送水的过程，还从身高体型外貌等各个方面测试了两人的适配度，最终结果显示两人的适配度达到了85%。

宁听也不知道这个结果有没有什么科学依据。

最后还发起了一个投票，让大家竞猜两人现在进展到哪一步。

选项一：宁听正在努力追求司瑄

选项二：正在交往中

这两个选项宁听一个也不想选，在心里暗暗吐槽怎么就不能是司瑄在追她呢？但因为想看两个选项的投票情况，于是她暗戳戳投了选项二。

不看不知道，只有她一个人投给了选项二。

合着大家都认为是她正在追求司瑄?

虽然她是想追来着，但这不是还没展开行动嘛。

留言区也很热闹，吃瓜群众就两人适配度的问题展开了讨论。

路人表示两人看起来确实挺配的。

司瑄的粉丝表示没看出来哪里配，司瑄独美，拒绝捆绑。

宁听的粉丝，哦，过气大四学姐宁听没有粉丝。

她回到微信界面，群里多出几条消息。

给爷爬：你去给学弟送水了?

给爷爬：你是不是没好好看我给你发的《如何成为高级茶艺师》？

给爷爬：你太主动了听宝！一旦主动你就会处于被动，而且现在舆论形势对你很不利啊！

是沉不是圆：就是，就是。

摇摇乐：哎?我刚刚点进去看投票情况，竟然有一个人投给了“正在交往中”，哈哈哈……是谁这么善良?

不听不听：是我。

摇摇乐：？

给爷爬：？

是沉不是圆：等等，让我捋一下。

是沉不是圆：你投给了“正在交往中”？所以你们在一起了?什么时候的事?

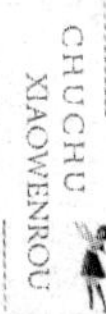

不听不听：没有。我就是好奇投票结果就随手投了一票。

不听不听：而且我必须解释一下，我没有给司瑨送水。就是今天晒被子碰巧遇到了，出于礼貌就随口问了那么一句。

不听不听：这篇稿子与事实严重不符。

是沅不是圆：没人对事实感兴趣哈。

给爷爬：听宝你真的去看看我发给你的制胜宝典，如果觉得太长不想看，我也可以给你总结一下，就八个字：制造交集，欲拒还迎。

宁听记下了这八个字。

宁听吃完饭去送餐盘的时候碰到了熟人，新闻学院的学生，比宁听低一级，也是现在“江大百事通”的负责人，梁一心。

宁听大二时是学校文艺部的副部长，当时还是新生的梁一心去面试文艺部，两人就是那时候认识的。

梁一心看着宁听，有些心虚地喊了声“学姐好”。

宁听温和地笑着应了一声，笑里藏着刀。

梁一心越发心虚，不打自招道：“今天‘江大百事通’发的推文不是我写的稿！”

“哦，这样啊。”宁听说着朝奶茶店走去，扭头问梁一心，“你喝什么？”

梁一心大步跨到宁听身边，挽着她的胳膊拖长声音撒娇道：“学姐——”

“我没生气，”她停了一瞬，继续道，“就是好奇你们算的那个适配度，有什么科学根据吗？”

“哈？”梁一心愣了一会儿才想起来宁听问的适配度应该是公

众号里写到的，摇了摇头诚恳道，“没有，我随便编的。”

宁听斜睨她一眼，问：“不是说稿子不是你写的？”

“但我有修改来着，适配度和投票都是我加上的。”梁一心越说声音越小，“所以学姐你真的在追司瑄吗？”

“你这是在找我收集八卦素材？”

“不是，就是好奇你的感情动向。毕竟你一直‘母胎 solo’到现在，忽然和大一学弟传绯闻，大家都挺好奇的。”

“呵。”

两人住在同一栋宿舍，买了奶茶后便一起往宿舍走。

路上梁一心一直在变着法儿地向宁听打探她和司瑄的关系，但不管怎么问宁听都含糊其词。

梁一心还是担心宁听生气，苦口婆心地解释了半晌，说司瑄现在就是江大校园流量榜的 top1，不管是江大官方公众号还是“江大百事通”只要和司瑄沾边的稿件阅读量都会翻好几番。

但这位新晋校草感情生活比白纸还干净，“江大百事通”遍布全校的眼线都没能挖掘到他的花边新闻，每天就是上课练琴吃饭，简单枯燥的三点一线。

好不容易被人看到他和异性有接触，对象还都是宁听，这种难得一见的新闻稿她作为负责人出于大局考虑实在是没有理由不通过。

宁听根本没仔细听梁一心在解释什么，注意力都被那句“感情生活比白纸还干净”吸引。

“所以学姐你和司瑄到底是怎么认识的？”梁一心绕了半天又

回到原点。

宁听回过神来，“哦”了一声随口道：“领快递认识的。”

“领快递？”

“嗯。”

“我突然想起来你还没正面回答我的问题，你真的在追司瑄吗？”

宁听吸了口奶茶，语气淡淡地说：“看情况吧。”

梁一心一副吃到惊天大瓜的表情，尽管她后来一再保证今天的谈话内容不会变成新闻稿出现在“江大百事通”上，宁听也没有再透露半个字。

第七章
江大爱情故事

01

清闲的日子没过两天，宁听收到了系主任的消息，让她去一趟办公室。

在艺设学院大楼门口碰到了丁砀，他的头发染成了酒红色，半睡不醒地问她："怎么不回我消息？"

宁听从兜里摸出手机看了眼，确实有两条未读消息，她敷衍道："我用意念回复了，你没收到吗？"

丁砀习惯了她的不着调，问："那老头儿找你？"

"嗯，应该是要说去星锐实习的事吧。"

"哦？你决定了要去星锐实习？"

宁听反问："你不去？"

丁砀无所谓地耸耸肩："去不去都行，既然你要去，那我……"

宁听打断他："那你就别去了。"

"当然要去。"丁砀个儿高，一只手撑在宁听的肩膀上，笑道，"继续去当绿叶衬托你的优秀。"

"我的优秀不需要人衬托，你少往自己脸上贴金。"

宁听往后退了一步，丁砀的胳膊肘失去着力点，往前踉跄了一步，回头看着笑得一脸得意的宁听无奈道："幼稚。"

说话间到了系主任的办公室门口，门开着，系主任正戴着老花镜在敲键盘，宁听敲了敲门。

系主任抬头，老花镜从鼻梁上滑下来，招了招手道："快进来吧。"

丁砀自己找了把椅子坐下，脚点着地面滑到系主任身旁，问："您这是在干吗呢？"

"这不是校考马上就要开始了吗？有好多考生在咱们官网留言提问，我正在给他们答疑解惑呢。"

又是一年艺考，宁听缓缓叹了口气，想到自己来江大参加校考，一晃都四年了。

系主任也有些感慨，摘下眼镜，叹道："怎么这么快你们就要毕业了呢？"

"也该毕业了吧，我都给您添了四年堵，再不毕业我都担心您心梗。”丁砀和系主任讲话一向这样没大没小。

系主任笑着点了点他：“你啊。”他打开抽屉拿出两份文件，“说正事吧，这是星锐发来的文件，你俩都看看。”

文件标题是“新星计划”，先是祝贺他们通过初选，成为星锐的一分子，然后就罗列了一些入职需要准备的材料，最后附上了联系方式。

“星锐那边通知你们下周一入职，有需要准备的材料赶紧准备好。”系主任沉吟半晌，视线在两人之间扫过，最后落在宁听身上，“毕业设计也要加快进度了，不然到时候同时兼顾两个作品压力会很大。”

两人都点头表示知道了。

“哦，对了。”系主任又从抽屉里拿出一份文件，“学校要拍一个宣传片放到官网去，每个学院都要出一个学生代表，刚刚我们院开会决定让你去。”他把文件递给宁听。

“我？”宁听迟疑地接过。

丁砀撩了撩自己的头发：“拍宣传片主要是看颜值吧？那应该选我啊。”

系主任扫了眼他暗红色的头发，道：“你不合适。”

宁听粗略地看了一遍文件，疑惑道：“我都要毕业了，不合适吧？”

“合适。”系主任笑眯眯地看着她，“听说音乐学院准备让他们那个大一的学生司瑨去。”

宁听把系主任的话在脑子里过了一遍，好像突然明白了些什么，问：“您是不是也关注了‘江大百事通’？”

系主任哈哈笑道：“你不用不好意思，我们都是支持你的。今天校领导开会咱们院长还帮你打听过了，司瑄这个孩子不错，踏实勤奋又有天分，必然前途无量。”

谁？宁听试着理解这段话，意思是现在全校从上到下都以为她在追司瑄？院长甚至还去隔壁音乐学院给她打探情报了？

宁听捋了捋思路，诚恳道：“这件事不是您想的那样，我可以解释的。”

“别担心，我们不是那种老古板。况且你这样子很好，喜欢就去争取，做任何事都应该这样。”系主任一脸“我也年轻过我都懂”的表情，“有些事光靠送水可不行，所以这次拍宣传片的机会你可得好好把握。”

“我……”宁听连开口解释的机会都没有。

“好了，快去准备吧。”

一旁的丁砀就差直接把问号刻在脑门上，这两人说的每一句话他都听到了，但他一句也没听懂。

“你们在打什么哑谜呢？”

系主任很惊讶：“这事儿你不知道？没听说过？”

丁砀云里雾里：“什么事？”

“你这冲浪速度不行啊。”系主任的语气听起来甚至还有些得意。

丁砀更困惑了，转头问宁听：“什么事？我错过了什么？”

宁听摆摆手，留下一个心累的背影。

02

隔天宁听就收到了让她去开会的通知，讨论宣传片拍摄方案。

各个学院选出来的学生代表加上负责这次拍摄的学生会干部和学校领导，加起来有三十多号人，都是些生面孔。宁听靠近后门找了个角落坐下，尽量降低自己的存在感。

等人到得差不多了，负责这次宣传片拍摄的老师便开始点名。

“经管学院代表尤静。”

“到。”

……

“艺设学院代表宁听。”

“到。”

话音刚落，宁听就接收到一大片好奇打量的目光，她把头往下低了低，左手撑着额头遮住大半张脸。

“音乐学院代表司瑄。”

“到。”

宁听循着声音抬头，发现司瑄就站在她身边，穿着一件撞色夹克，里面是一件深灰色的连帽卫衣，双手抄兜，微弯着腰问她：“可以往里面挪一下吗？”

“哦哦，好的。”

司瑄在她身旁落座，宁听的感官突然变得格外敏感，能捕捉到他细微的呼吸声，还有从他身上传来的味道，冷冽沉稳中带着一丝温暖的甜，她嗅了嗅，然后打了个喷嚏。

本来报告厅坐的各个学院的学生代表就时不时往他们这个方向瞥，此刻听到宁听的喷嚏声更是明目张胆地往这边看，还有人在小声议论，宁听如芒在背。

司瑄倒是挺自在的，或者说他习惯了这种眼光。

宁听伸手去兜里掏纸巾，司瑄已经拆了一张纸巾递到她跟前。

“谢谢。”

“为了迎接五四运动纪念日，展现当代大学生风貌，学校特地把咱们各个学院的学生代表聚在一起，共同拍摄这支宣传片，让社会大众看看咱们江大学子的卓越风姿。”人都到齐了，负责的老师开始切入正题。

学校请了专业的拍摄团队，今天开会也主要是通知他们一些相关事宜以及需要做的准备。

拍摄团队的领头人姓钟，四十出头的样子，一头齐肩的小鬈毛，蓄着山羊胡，戴一副黑框圆眼镜，艺术气息浓厚。

“你们叫我钟师傅就行，”这是他上台说的第一句话，第二句话是，“坐在后面的那两位同学往前挪一挪。”

宁听和司瑄顶着大家注视的目光从倒数第二排挪到正数第三排。

钟师傅开始介绍这次拍摄的一些预设情景，暂定的取景地点有操场、食堂、图书馆、大礼堂等，每个场景都是一个独立的小故事，最后串成一部完整的宣传片。

宣传片的构架大致讲解完，接下来便开始分配角色了，钟师傅只是扫一眼大家便大致定好了角色，司瑄和宁听分到了图书馆场景。

“是情侣吗？”钟师傅含笑打量着两人。

“不是不是！”宁听大窘，赶紧摆手否决。

“哦？那怎么穿着情侣装？”

咦？

宁听看了看司瑄又看了看自己，这才发现两人今天穿着同款卫衣。

同一个运动品牌的同一款卫衣，还是同一个颜色。这件衣服确实是男装来着，但宁听一向偏爱宽松的衣服，衣柜里的男装也不止这一件。

这个巧合巧到连她自己都觉得离谱，干巴巴地解释：“不是情侣装，碰巧撞衫而已。”

“这样啊，图书馆的单元故事主要是讲述一对情侣从相识到相恋，互相鼓励一起进步的故事，你俩可以吗？”

这……可以说不可以吗？

“嗯，可以。”

宁听还在纠结的时候，司瑄已经给出肯定的答案，她看了眼坦荡的司瑄觉得自己这样扭捏反而更像是心怀鬼胎，于是点点头道：“没问题。”

“行，那大概就是这样了。大家还有什么问题没有？没有的话，咱们今天下午就开始拍了，趁着天气不错，先把操场的景拍了。”

众人纷纷表示没问题，于是除了要拍操场镜头的同学，其他人都散了，回去待命。

从报告厅出来，染着寒意的风吹过，宁听又打了个喷嚏。

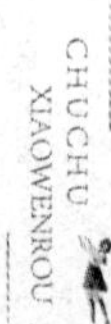

她大概是感冒了，回去得吃点药才行。

“这段时间是流感高发期。”司瑨双手抄兜从她身边经过，冷不丁冒出这么一句话。

宁听吸了吸鼻子：“哦。”

“要注意保暖。”

等等，这是在关心她？

宁听的心情忽然有些雀跃,她问:“你关注‘江大百事通’了吗？”

司瑨突然急促地咳了几声，右手握拳放在唇边，问：“什么？”

“没什么。你感冒了？”

“嗯，感冒有两天了。”

宁听不着痕迹地往旁边挪了两步，对上司瑨询问的眼神，诚恳道：“这段时间是流感高发期。”

“所以呢？”

“要离危险人群远一点。”

“是吗？”司瑨突然勾唇笑了笑，向前两步逼近她。

两人之间的距离一下拉近了许多，他就这样垂眼看着宁听，刚咳过的嗓子有些哑，问：“要离我远一点？”

这一刻宁听觉得自己血管里流淌着的仿佛是气泡水，噼里啪啦地冒着泡，炸得她失去理智，撒腿就跑：“是的！”

03

图书馆场景的拍摄安排在最后一天，宁听前一天晚上收到通知让她隔天早上七点去活动中心的教室做准备。

江沅她们都还没回学校，宿舍只有宁听一个人。保险起见她从早上六点开始，隔十分钟定一个闹钟，一共定了三个闹钟。

第三个闹钟响的时候，宁听终于艰难地掀开被子，思考了三秒人生，她在宿舍群里发：人为什么要早起呢？

摇摇乐：早起的鸟儿有虫吃！

给爷爬：早起的虫儿被鸟吃！

是沅不是圆：看到大家都起床了，我瞬间就心理平衡了许多。

宁听心里也平衡了许多，因为通知她的人特意交代了不要化妆，所以宁听很快就收拾好出了门。

早春的清晨，空气里还带着雾蒙蒙的凉意，宁听刚出宿舍大门就打了个喷嚏，于是又折回去换了件厚外套。

一来二去，等她到活动中心的时候离七点还差几分，司瑄已经坐在那里，看见宁听推门进来抬了抬眼睛道了声早。

“早。”宁听应了一句，自己找了个椅子坐下。

屋子里就两个人，不说话氛围有些奇怪，她随口问了句：“你早上没课吗？”

司瑄原本戴着耳机，在宁听进来后便摘掉了，视线从手机屏幕上转移到她脸上：“请假了。”

宁听了然地点头，视线在屋子里环绕了一圈。这间教室临时被腾出来做化妆间，靠墙有个可移动的衣架，上面挂满了衣服。

让他俩一大早就来这里集合，估计就是为了做造型，两人猜到了一个大概。

只是他们原本以为就是露个脸，然后喊两句口号就行，没想到这么隆重。

“不知道这个上午能不能拍完？”

“能。”司瑄答得斩钉截铁。

宁听讶然：“你怎么知道？”

司瑄食指挑了挑落在眉心的碎发，表情透出一丝无奈，道：“我们院长说的，最多两个小时就能拍完。”

见他这样，宁听联想到自己听来的八卦，问：“听说你是被威胁了才勉为其难答应来拍宣传片的？”

司瑄双手环胸，闻言饶有兴味地看着她：“哦？”

“就，隐隐约约有听说啦……”

“你是自愿来拍摄的？”司瑄不答反问。

“赶鸭子上架罢了。”

“同是天涯沦落人。”

这几天栏目里到处都在讨论这次宣传片的拍摄，“江大百事通”还特地出了一篇推文介绍各个学院的学生代表，毋庸置疑，宁听和司瑄是这次宣传片拍摄最大的看点。

在“江大百事通”坚持不懈的宣传下，学校几乎人人都知道艺设学院的大四学姐宁听在追音乐学院的校草学弟司瑄。

被议论得多了，宁听反而很坦然。或者说，其实她私心里是很愿意看到自己的名字和司瑄放在一起被讨论的，哪怕她在舆论中是不被看好的那一方。

但她很好奇，司瑄知不知道这件事。

“你关注了‘江大百事通’吗？”斟酌犹豫了许久，连话语都在心里反复排练过，她才终于问出了这句话。

“什么？”司瑄似乎没听清。

“‘江大百事通’，”宁听重复了一遍，“一个公众号，你没关注吗？”

“没关注，但是有印象。怎么了？”司瑄确实有印象，他还记得那篇推文。

“没什么，就是问问。”宁听最终还是泄了气，没能坦荡地告诉他“这群人最近又在造谣说我在追你，你千万别当真”。

宁听有时候也拿不准自己和司瑄究竟是什么样的关系，普通的学姐和学弟，还是说更深一层的朋友？

如果说是朋友，但似乎也没有到能以开玩笑的口吻说出这句话的程度，她纠结得五官都快皱成一团。

“你这样真的一点也不酷！”宁听在心里暗暗鄙视自己。

教室的门被人推开，先进来的是钟师傅，看见两人笑着打趣道：“我们男女主角很积极嘛。”

跟在钟师傅身后拎着一个小箱子的看样子是化妆师，他把箱子摆在化妆台上，招呼宁听：“那就先从我们女主角开始吧。”

宁听坐过去，化妆师盯着宁听的脸看了一会儿，感叹道：“哎呀呀——宝贝你这脸是水肿了吗？”

吸引了一屋子人的目光，钟师傅先看过来，细细打量了一会儿道：“是比上次见肿了许多，这上镜可是有些吃亏啊。”

“可能是因为我昨天睡前喝了一大杯水。”宁听有些羞赧，她看着镜子里的自己，确实挺肿的，眼睛直接肿成了一单一双。

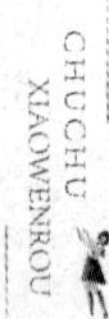

“我出去一趟。”司瑄站起身和钟师傅打了个招呼。

“快去快回。”钟师傅摆摆手。

化妆师开始给宁听上妆，过了一会儿司瑄回来了，手上端着一杯美式咖啡，径直放在宁听面前。

“哟，这个正好消水肿。”化妆师看着司瑄调侃道，“挺细心的嘛。”

“谢谢啊。”宁听却莫名红了脸，端起咖啡喝了一口，又涩又苦，心里却是甜的。

04

拍摄一开始确实不太顺利，主要是因为宁听在镜头前很僵硬，表情和肢体动作都不太自然，再加上围观群众很多，尽管不需要说台词，但光是拍一个她走进图书馆的场景就同手同脚好几次。

钟师傅还取笑她：“本来还想引荐你走演员这条路，现在看来你确实吃不了这碗饭。”

宁听也很苦恼：“我也不知道为什么，您一喊‘开始’，我就四肢发麻，都快形成条件反射了。”

“你这样，深呼吸几次，忘掉镜头也忘掉我刚刚给你讲的那些要点，你就当你是来图书馆学习的。”钟师傅给她做心理建设。

宁听指了指司瑄：“您先拍他吧，我再缓缓。”

每个场景凸显的主题都不同，图书馆的主题是“青春”，钟师傅在给两人讲解时只强调了四个字“怦然心动”。

有一个场景是司瑄倚在书柜上看书，宁听看书看累了抬头刚好看到他。

“含蓄，但同时也要热切，你懂我的意思吗？”钟师傅问宁听。

宁听似懂非懂地点头。

拍摄角度找好后，钟师傅便坐回了监视器后面，为了不激发宁听的条件反射，他把‘开始’的口令换成了“冲啊”，场面一度十分诙谐。

“哎对，非常好，来准备抬头——”

宁听跟着指示抬头，司瑄倚着书架垂眸看书的画面便猝不及防地撞进她的眼眸，仿佛是青春电影里的画面，他微微抬眸与她视线交汇，她整颗心便如坠云雾般失了重力。

“卡！”

直到钟师傅的声音响起，宁听才从司瑄眼神织成的云雾中回过神来，慌乱地别开视线。

“宁听感觉找得很对，这个可以一条过！”钟师傅赞叹地看着她，“可以，悟性很高。”

听到钟师傅这样说，宁听心情有些微妙，只有她知道刚刚那个镜头她是真情流露，并非悟性高。

含蓄且热切，原来她看着司瑄时竟是这种眼神吗?

后面的拍摄宁听也渐入佳境，等所有镜头都拍完才用了不到两小时。

钟师傅一边收器材，一边对司瑄说：“考虑转行做演员吗，你这个外形条件很有优势啊。”

“不考虑。”他拒绝得很是干脆。

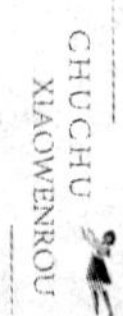

旁边的负责老师笑道："你还不知道吧，光是拍这次宣传片他都很不情愿呢。"

"是吗？"钟师傅很诧异，"他全程都很配合啊，没看出哪里有不情愿。"

"估计也是想早点拍完早点解脱吧。"

宁听和司瑨先回了活动中心换衣服。

司瑨上午满课，其实他现在完全能赶回去上后面两节课，但他脸上还带着妆，头发上也抹了发胶，就这样去上课有些引人注目，换完衣服后便直接回了住处。

宁听收拾好便直接去了画室，眼看就要去星锐报到了，但她的参赛作品还完全没有头绪。

午饭时，宁听收到江沅分享给她的链接——"江大爱情故事开拍，男女主演竟然是他们？"

配图是今日她和司瑨拍摄时的照片。

宁听没有点开，她猜都能猜到这群人会怎么写。

但司瑨点开了。

他是特地搜了"江大百事通"这个公众号，刚好他们发了推文便点进去看了，然后也顺便把之前的推文都翻了一遍。

司瑨想到宁听早上欲言又止地问他有没有关注"江大百事通"，这些文章她应该都已经看过了，所以问他有没有关注是要确认他有没有看到这些文章吗？

司瑨不由得思忖是不是这些胡编乱造的推文给宁听造成了困扰，但一时也想不到妥善的解决方式。

他退回到微信主界面，下滑找到宁听的聊天框，点进去又退出来。

反复好几次，但还是一条消息也没发出去。

其实，看完这些推文他心里最大的疑惑是为什么大家都觉得是宁听在追他，为什么就不能是他在追宁听呢?

同时这些推文也让他打开了新思路，那些以前没有考虑过的事情突然从这一刻开始在他心里冒了头。

正好这时宁听给他发了消息，问他早上那杯咖啡多少钱。

司瑨嘴角噙着笑，手指在屏幕上打字：一百万。

不听不听：你干脆去抢银行好了。

司瑨：抢银行犯法。

不听不听：敲诈勒索也犯法。

猜到宁听可能是要给他转钱，他有些不高兴，也有些委屈，她这是把他当成跑腿的了?

司瑨：不用了。

没头没脑的三个字，宁听却看明白了。他大概是在说“一杯咖啡而已，不用这么客气”。

她也不想这么客气来着，她只是想找个由头给他发消息。

不听不听：那我改天请你喝咖啡。

发完这条消息，宁听也有些忐忑，担心自己是不是太主动了，被林意意知道又要恨铁不成钢地说她不争气，却在纠结时收到了司瑨的回复：好。

很简单的一个字，却让她的心情瞬间明媚起来。

05

星锐大厦在市中心，从江大过去刚好有地铁直达，路程不算太远。

宁听和丁砀约好了一起去星锐报到，早上七点，丁砀准时等在宁听的宿舍楼下，还破天荒地给她带了早餐。

两人早到了半小时，在会议室等人事办理入职，同时也见到了入围这次“新星计划”的其他人。

这次入围“新星计划”的实习生，有在江城本地念大学的，也有在外地念大学的，共二十人，坐满了整间会议室。

听人事讲完星锐设计部的规章制度后，便是破冰的自我介绍环节。宁听抽到了一号，是第一个做自我介绍的人。

这些人中有几个是熟面孔，大多是因为参加比赛，或者学校与学校之间的交流会认识的。

入职会议过后，众人也对这次实习要求有了更加清晰的认识。

为期三个月的实习，要求每人提交一件原创设计作品，星锐会成立专门的评选小组，选出五件设计作品，再从这五件作品中选出最优秀的一件直接投入生产。而这件作品的作者便是这次“新星计划”选出来的“新星”，将获得星锐的大力栽培。

二十人里选五个，竞争着实激烈。能入围这次“新星计划”的实习生都是各自学校的佼佼者，即便心里发虚，至少表面上看起来还是信心满满。

宁听也是一副不动声色的模样，实际上关于这次比赛的设计她还毫无头绪。

丁砀的工位就在她右手边，时不时有人过来和丁砀搭话，来的人多了，他脸上的不耐烦越来越明显。为了避免这种无意义的寒暄，他干脆趴在桌子上闭目养神。

宁听拍了拍他的肩膀：“这里不太适合睡觉吧。”

丁砀支着脑袋看她：“那适合干什么？”

“你看看别人都在做什么。”

“那你在干什么？”

宁听谨慎地看了眼四周，低声道：“在画毕业设计的图。”

丁砀“啧”了声，给她竖了个大拇指。

考虑到参加这次“新星计划”的实习生都是大四学生，还要兼顾毕业设计，所以星锐设计部只要求他们一周坐班三天，自选时间，算是比较人性化的安排。

和传言中不太一样，星锐设计部虽然处处透露出一种精英气息，但同事之间相处还算融洽，至少表面上看起来是这样。

宁听告诉江沅她们自己每周只需坐班三天的时候，林意意和杨心珧都流下了羡慕的泪水。

第一天实习结束，宁听和丁砀回学校时已经是黄昏，学校北门的那条街上摆满了流动小吃摊。

“你考虑在星锐附近租房吗？”从地铁站回学校的路上，丁砀问宁听。

“暂时不考虑，万一我不是那最后的四分之一呢？”

“这么没出息？”丁砀讶异地挑眉，他还以为宁听势在必得。

“我的毕业设计到现在还没定稿，参赛作品更是毫无头绪，”宁听做作地长叹一声，“我大概真的是江郎才尽了。”

丁砀屈指弹了弹宁听的额头，笑骂道：“每次在我面前哭惨的是你，回头考试拿第一名的也是你。”

宁听一手捂着额头，一手捶了丁砀一拳，皱眉瞪他：“我这次是真的陷入瓶颈了。”

她没和任何人讲过，从毕业设计选题开始，她经常对着画板一坐就是大半天，但画不出任何东西。

大家都以为她是因为对自己高标准严要求才迟迟没能定下选题，可事实并不是这样。

哪怕是整夜整夜单曲循环枕风的《凛》，她也没能获得任何灵感，这在以前是从未有过的情况。

丁砀并不信宁听，“嘁”了一声：“那你的毕业设计要是拿了优秀奖可得请我吃饭。”他手掌覆在宁听头顶，“加油哦，我看好你。”

“把你的猪蹄给我拿开。”宁听挥手拍开他的胳膊。

司瑄远远地看到这一幕，眼神晦暗不明。

像是心有灵犀般，宁听也朝司瑄这个方向看过去，视线交汇宁听冲他挥了挥手，司瑄微微颔首算是回应。

路上人来人往，但司瑄始终是她视线的焦点所在。

擦肩而过时，宁听正要开口说话，但司瑄的脚步没有片刻停留，只留下一阵微风，轻轻撩拨着她耳边的碎发。

宁听咬着下唇，心情瞬间变得低落。

丁砀也从“江大百事通”吃到了宁听和司瑄的瓜，凑到宁听耳边压低声音问她："这是不是你的绯闻男主角，怎么你们俩看起来好像不太熟？"

宁听没有理丁砀。

"你不会真的喜欢这个弟弟吧？"

"你才是弟弟。"

"哟，这就开始护短了？"

宁听不再说话。

司瑄拐弯时偏头看到两人凑在一起的脑袋，脸上的表情又漠然了几分。

06

实习半个月之后，迎来了第一次进度报告会，宁听压力骤增。有人的初稿已经接近尾声，但她的参赛作品仍然毫无头绪，二十个人里也只有她一个人的进度条还停留在起点。

开完会之后，宁听整个人都无精打采，总感觉有无数目光在偷偷打量她，这种感觉和当初数学考试不及格还被老师当着全班的面念分数一样难堪。

丁砀把椅子滑到宁听旁边，问："你这次又在憋什么大招呢？"

"都说了是瓶颈期。"宁听白他一眼，声音听起来闷闷的。

"不是吧，你认真的吗？"丁砀看她的样子不像在开玩笑，诧异地瞪大了眼睛。

宁听还没来得及回答，丁砀就被管理他们这些实习生的组长叫去了办公室。

组长办公室是半透明的磨砂玻璃，隔音效果不太好，没过多久里面传来争执声。

坐在组长办公室附近的人看似在认真工作，其实都竖起耳朵在听里面的动静。宁听隔得稍远，听得不是很清楚，因为在里面的是丁砀，所以她一颗心高高地悬了起来。

办公室的门陡然被拉开，丁砀还是以往那副漫不经心的样子，只是眉眼间多了一丝戾气。他一手撑着门，回头轻蔑道："你懂个屁的设计。"

一群吃瓜群众惊得下巴都掉了，一沓设计稿纷纷扬扬落在丁砀身后，里面传来组长气急败坏的骂声。

大家都不约而同地埋下头，尽量降低自己的存在感，担心被怒火殃及，但心里都在为丁砀喝彩。

组长平常就爱颐指气使地使唤他们这些实习生，大家背地里都颇有微词，但没人敢正面和她起冲突。

丁砀回到工位上，办公区安静到诡异，他慢条斯理地收拾好东西离开了工位。

宁听跟了出去。

"你这是要走了吗？"

不用回头也知道是宁听，丁砀按下电梯，玩笑道："你这个时候跟出来，不怕她拿你撒气？"

"叮——"

电梯到了，宁听跟在丁砀身后进了电梯，无所谓道："她又不是不知道我俩是同学。"她顿了顿，问，"你想好了吗，就为了逞一时意气放弃在星锐实习的机会？”

“在这里实习对我来说并不是机会，”丁砀敛起笑意，神色认真地看着宁听，“所以放弃也没什么大不了的。况且这对我来说叫及时止损，不用在这里浪费更多的时间。”

见丁砀难得的正经，宁听明白他今天的决定不是意气用事，所以没再继续聊这个话题，而是问他今天为什么会突然和组长吵起来。

“她这样也不是一天两天了，之前都忍过来了，为什么今天突然这么生气？”

“忍耐值到极限了呗。你知道她今天为什么找我吗？”

宁听猜测道：“想潜规则你？”

丁砀屈指弹了下她的额头，笑骂道：“你这脑袋瓜天天装的都是些什么！”

“所以她今天为什么找你？”

“她让我按照她的建议修改设计稿，我拒绝了。”

宁听没太理解，疑惑道：“但这次的参赛作品不是要独立完成吗，她为什么还给你修改建议？”

丁砀冷笑：“据我所知，得到她‘指点’的人不止我一个。”

一下子接收太多信息，宁听有些消化无能，不解地问他为什么。

“你知道‘内定’这种说法吗？”

宁听忽然茅塞顿开，却也不知道该说些什么。

电梯下到一楼，丁砀拍了拍她的肩膀：“上去吧。”

“我送你出去吧。”宁听心不在焉。

春日的阳光暖融融的，仿佛能消磨掉一切坏情绪。

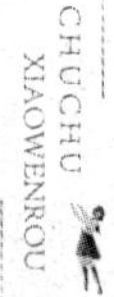

两人站在星锐大厦门口，宁听仰头看了眼身后直入云霄的星锐大厦，有些恍神，微不可闻地叹了口气。

“怎么，感受到职场的艰难了？”丁砀笑着问宁听。

“有一点。”

“我一直很好奇，你到底为什么会决定来星锐实习？”

“就觉得这对我来说是一次很好的机会……”

宁听还没有说完就被丁砀打断：“和我也不能说实话吗？”

“不知道，”宁听垂下眼睛，又重复了一遍，“我自己也不知道。”

丁砀若有所思地点点头：“知道了。”见她一脸迷茫又安慰道，“既然已经决定来了，就不用管为什么来的，打起精神好好准备参赛作品，不要丢江大的脸。”

“丢江大脸的人是你吧。”宁听斜丁砀一眼。

“是啊。江大在我这里丢的脸就全靠你挣回来了，任重而道远啊。”

“你就这样离开不怕系主任骂你？”

丁砀挥挥手：“我都习惯了。”

宁听在楼下站了一会儿，一直在思考刚刚丁砀问她的问题。

为什么决定来星锐实习呢？

她好像知道答案了。

第八章
我不要我觉得，我要你觉得

01

电脑屏幕右下角的时间跳到00:00，宁听摘下耳机，关了音乐，疲惫地捏了捏眉心。

音乐列表显示她已经单曲循环枕风的《凛》89遍，但屏幕上还是只有几根杂乱无章不成形的线条。

以前画稿的时候，她耳机里总是会单曲循环《凛》。不管是在喧嚣热闹的白天，还是寂静无声的深夜，只要耳机里放着这首歌，她总能迅速放松下来，沉下心，创作灵感也随之而来。

《凛》原本是她的灵药，但现在失效了。

宁听关了电脑爬上床，正在床上打坐的江沅睁开眼睛问她：“有想法了吗？”

江沅回学校快一周了，她没找实习，在家闲得无聊，索性买票回了学校。

“没有。”宁听摇摇头，一头栽倒在床上顺便打了个滚，“光是毕业设计已经很头疼了，星锐的参赛作品我还一点头绪也没有，焦虑到头秃。”

江沅双手在头顶交叉然后缓缓落下，长舒一口气，对宁听说：“你要不要试试冥想打坐，有助于睡眠。”

宁听正躺着玩手机，不以为然道：“你天天冥想打坐不也是和我一样熬到两点才睡。”

“不一样。你是因为睡不着被迫熬夜，而我是因为想熬夜而主动熬夜。这两者有本质区别。”江沅一本正经。

“就你歪理最多。”

“那当然，我可是国家一级胡说艺术家！”江沅得意地仰了仰头，看了眼侧躺着看手机的宁听，八卦地问，“哎，眼看就要毕业离开学校了，你和学弟打算怎么办？”

“什么怎么办？”宁听默了一瞬，假装没听懂江沅的话。

“还能是什么！当然是你那含苞待放的初恋花骨朵！”江沅干脆爬到宁听床上，盘腿坐在她身边，“我来学校之前还见你时不时地在宿舍群里更新发展进度，什么操场偶遇啦，什么一起拍学校的宣传片啦，怎么我来了之后你就一点动静都没有了？”

宁听把头埋进枕头里，闷声道：“我最近都在忙参赛作品的事，你又不是不知道，而且最近也确实没再遇到过他。”

“崽啊，你听我一句劝，机会是靠你自己主动争取的，你这样天天星锐宿舍图书馆三点一线，能遇到学弟才稀奇！”

宁听长叹一口气翻身坐起来：“之前只有毕业设计这一座大山压在我肩上我都焦虑得喘不过气，现在我两边肩膀，一边是毕业设计一边是参赛作品，天天吃不好饭睡不好觉人不人鬼不鬼，实在没精力考虑其他的事情。”

算了算，她上次遇到司瑄还是半个月之前，在北门外。她满心雀跃地想要和他打招呼，而他只是漠然地朝她点点头，一副生人勿近的姿态，浇灭她心中刚萌芽的种子。

宁听问：“你那时候为什么笃定地说司瑄喜欢我？”

“他主动约你出去吃饭啊！还是去那种贵得让人咋舌的法式餐厅，这一看就是在下血本撩你！而且你过敏脸肿成那样，他还不离不弃地照顾你，一点也没有嫌弃。”江沅见她神情有些萎靡，声音小了几分，“这不是喜欢是什么！”

最后一句话显得格外没有底气。

“可我觉得他不喜欢我，请我吃饭是为了感谢我，照顾我是出于礼貌。”宁听垂眸，声音听起来还有些委屈。

在喜欢人这件事上，宁听没什么经验，没有成功的经验，也没有失败的经验。所以她一直乐观地想着，只要她按照林意意分享给她的宝典循序渐进，总有一天能收获甜甜的爱情。

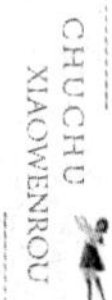

一直以来，她和司瑄的关系都介于亲昵与陌生之间，不远不近。而她就站在中间，正在努力向亲昵靠近，却从没有想过可能他们也会有变得陌生的一天，退回到“点头之交”。

她不得不承认，她之前所有蓄势待发的勇气，都被他那一刻的冷漠击溃。

怕会错意，怕空欢喜。

宁听原来也是个干脆利落的姑娘，但是“喜欢”让她变得畏首畏尾。

“你是因为我说司瑄喜欢你，所以才喜欢他的吗？”

这句话有点绕，宁听理了一下，摇摇头：“不是。”

“你知道的，我也是‘母胎 solo’到现在，感情经历比较匮乏，没有什么经验可以分享给你。我就是觉得吧，不要留遗憾。”江沅拍了拍宁听的肩膀，“不要丧气啦，好好睡一觉，明天又是元气满满的一天！”

熄了灯，宁听翻来覆去久久不能入睡，她点开微信收藏，又看了一遍司瑄元旦晚会钢琴弹唱的视频。

杂音很多，但她听得很认真，不知什么时候沉沉地睡了过去。

02

一夜好眠，宁听醒来时外头已经艳阳高照，另一张床上的江沅还沉浸在睡梦中，因为今天不用去星锐，她决定再赖一会儿床。

手机解锁后还停留在昨晚的视频界面，宁听怔了下，她都忘了自己是怎么睡着的，跌入混沌的前一秒耳畔还飘着司瑄清冷舒缓的歌声。

好久没有睡得这么踏实了，她似乎找到了新的灵药。

司瑄的歌声代替枕风的歌声成了她的“灵药”。

想到这里，她又点开视频看了一遍，录制设备性能差，环境嘈杂，所以视频音质并不好，司瑄的声音也断断续续的。

不到两分钟的视频播放结束，宁听忽然有了一个大胆的想法。

临近中午，江沅才从睡梦中醒来，简单洗漱了一下两人一起出门去食堂吃午饭。

还没到饭点，食堂的人不算太多，两人点了一份鸡公煲拿着号码牌在就餐区等待。

闲聊间，宁听问：“最近有什么八卦吗，和司瑄有关的？”

江沅想了想：“听说音乐学院隔壁的舞蹈学院有个学妹跟司瑄表白被拒绝了。”

“哦？细细道来。”

“据说学妹和司瑄都选修了西方艺术史，小组作业两人分在同一个组，PPT 展讲的时候，学妹足足做了二十页 PPT 当着一两百个同学的面向司瑄真情告白。”

“还挺浪漫的哦。然后呢？”

“呃……但那节课司瑄没去，这么一闹老师知道他逃课了还扣了他的平时分。”

“这事先调查做得不够充分啊，怎么连表白对象有没有来上课都没搞清楚。”

“不过也有人说司瑄原本是在教室的，在学妹放出 PPT 的时候偷偷从后门溜了。”

宁听好像有些懂他，装作不知道，大概就是他留给这个女生最大的尊重。

“这也算是轰动全校的大新闻了吧？我怎么没看到‘江大百事通’更新推文？”宁听又重新关注了‘江大百事通’，便于第一时间了解她和司瑄的绯闻动向。

“没有必要呗。学妹是在两百人的大课上当众表白的，当时还有人在空间直播表白全过程。那节课还没下司瑄被人当众表白的事就传遍了各个学院，全校皆知。”

“也不是所有人都知道吧，我就不知道。”

江沅认真地看着宁听：“毕竟现在像你这样用 2G 网冲浪的人已经不多了，你们不是八卦消息的主要受众。”

宁听点点头，并不否认江沅的说法，问：“这是什么时候的事？”

“昨天晚上。”

“那我也不算延迟了很久。你怎么没第一时间和我分享，是爱消失了吗？”她故意装出一副委屈的样子。

江沅没好气道：“因为你那时候正在画稿，一脸苦大仇深的表情，我实在不敢打扰。”

宁听不好意思地笑了笑。

“说到这里，我突然想起来，你大一的时候是不是也这样被人表白过？”

宁听完全没有印象，迟疑道：“没有吧……”

“有！”江沅斩钉截铁，“我记得是文学鉴赏选修课，老师在课堂上随机点人起来分享自己喜欢的文学作品，有位仁兄自告奋勇地举手深情朗诵了雪莱的《To——》，眼睛一直看着你。”

“我怎么一点印象也没有？”宁听猜测道，“难道当时我不在？”

“你在，”江沅无奈地看着她，“你只是睡着了而已，后来下课人家男同学还来问你喜不喜欢这首诗，你说雪莱挺好的。”

江沅这么一说，宁听有了点印象，但已经不太能想起那位男同学的样子。江沅她们总说她迟钝，其实有时候她是故意装迟钝，装作不懂，然后保持适当距离，这是她能想到的最体面的拒绝方式。

“想当初你大一大二的时候也是学校的风云人物，不知道多少学长学弟对你暗送秋波投怀送抱，都被你无情地忽视掉了。”

宁听扶额：“这两个成语不是这么用的。”

“可惜你现在过气了，喜欢个学弟还瞻前顾后的，进不敢攻，退不能守。”

“激将法在我这里没用……”宁听正对着食堂大门坐着，说这句话时，她抬头刚好看到司瑄走进食堂，身后背着琴盒，双手抄在口袋里慢条斯理地往左手边那一排窗口走去。

连走路的样子都比别人好看。

见宁听突然没了声，江沅顺着她的视线看过去，激动道：“是学弟！”

宁听的视线一直追随着司瑄，直到他找了个餐位坐下。她稍稍犹豫了几秒才终于下定决心，匆匆交代江沅：“在这儿等我一下。”

她先去旁边的奶茶店点了一杯咖啡，等待的间隙视线一直往司瑄那个方向飘，怕咖啡还没做好他反倒先走了。

“同学，你的咖啡好了。”

宁听接过咖啡朝司瑄走去，离他越近她的心跳越乱，直到在他跟前站定，她一手随意地放在胸前压抑住跳得过分欢快的心脏，一手将咖啡放在他面前：“说好请你喝咖啡的。”

03

两人吃完饭从食堂出来，江沅一步三回头，一直扭头往司瑄那个方向看，问：“这就走了？你不和学弟打个招呼吗？”

宁听挽着江沅的胳膊拖着她往前走：“刚刚不是打过招呼了吗，走吧。”

江沅转过头好整以暇地看着她：“刚刚吃饭没顾得上审你，说，为什么突然给学弟买咖啡？”

“还人情。”

“你欠了学弟什么人情？什么时候的事？我怎么不知道？”江沅眼里的八卦之魂熊熊燃烧着。

“就上次拍宣传片他给我买了杯咖啡，我应该和你们说过的呀。”

江沅语塞，半晌道：“不愧是你。人家给你买一杯咖啡，你就还人家一杯咖啡，算得清清楚楚明明白白。”

“有什么问题吗？”

“没问题，没问题。就你这笔直笔直的脑回路，没直接把钱转给学弟我已经觉得很意外了。”

“我是准备给他转钱来着，他没要。”

“……”

说话间，两人已经到了路口，江沅要回宿舍追剧，宁听准备去画室继续完成毕业设计，两人就此挥别。

宁听踩着春日细碎的暖阳往艺设学院大楼走，半路突然改了主意，打算去音乐学院大楼晃一圈。

她不是第一次来音乐学院大楼，但这次感觉不太一样。经过每一间教室，她都在想司瑄有没有在这里上过课，他上课时是什么样子，会不会也偷偷走神玩手机。

满心满眼都是司瑄，宁听觉得自己像是走火入魔了一般。

有春风自窗外吹来，搅乱她心底的一池春水。

现在正是午休时间，大楼里没什么人，宁听一层一层地逛着，有阳光从楼梯间的窗户照进来，被台阶切割成一块一块不规则的四边形。

四楼的教室门上都装着电子锁，要刷卡才能进，宁听转了一圈准备下楼，在拐角的地方看到了司瑄。

他就站在阳光铺成的四边形里，手上还端着她买的那杯咖啡，头发被风吹乱不听话地翘起一小撮，向来沉静似水的眼睛因为看到她泛起涟漪。

宁听像是做了亏心事被人当场抓包，脸颊微微发烫，没等司瑄问便先开口：“我吃撑了，四处走走消食……”说完连自己都觉得荒唐。

司瑄倒是没有深究，微不可闻地“嗯”了一声，抬脚迈上几级台阶，绕到她身后。

宁听瞬间绷紧了神经。

“嘀”声过后有门锁转动的声音，司琂的声音自她身后传来：“要进来坐一会儿吗？”

“可以啊。”宁听答得干脆。

这是一间琴房，靠窗的位置摆着一架钢琴。这还是她第一次走进音乐学院的琴房，她好奇地四处打量着。

“自便。”

司琂丢下这句话便开始忙自己的事。

他打开琴盒，轻手轻脚地取出小提琴，拧紧琴弓后开始给弓毛上松香，一整套动作行云流水。

他的手指修长匀称骨节分明，宁听还是第一次注意到他的手，心里嘀咕着这人浑身上下怎么挑不出一点毛病。

“你还会拉小提琴吗？我看你去年元旦晚会的节目是钢琴弹唱啊。”

“都会一点儿，但小提琴学得最久。”司琂放好琴谱，试了下音便开始练习。

凄婉悠扬的琴声自司琂指尖倾泻而出，宁听瞬间被吸引了注意。

司琂拉了一小节便停了下来，宁听看着他问：“是《梁祝》吗？”

“嗯。”尽管《梁祝》算得上是一首流传度很高的曲子，但司琂还是有些意外她能听出来。

或许是他眼里的惊讶过于明显，宁听笑着解释：“很久之前听过齐思勉先生现场版的《梁祝》，印象深刻。”

“你去听过齐思勉先生的演奏会？”

“嗯。记不清是小学还是初中了，总之年代久远，但现在回想起来仿佛还有琴声飘荡在我耳边。当时还因为这个想学小提琴来着，但是练琴太辛苦了，兴趣班去了两次就再没去过了。就因为这个还挨揍了。”

司瑄虽然没有刻意隐瞒自己和齐思勉的关系，但也没有大肆宣扬过，所以宁听应该是不知道齐思勉是他的外公的。此刻听她提起外公的《梁祝》不免有些感慨，他问：“你喜欢《梁祝》？”

宁听点点头：“百听不厌。”

“那我给你拉一遍。”

外公最喜欢的曲子也是《梁祝》，而他也是听着外公的《梁祝》长大的。司瑄记得外公说过拉小提琴除了练习技巧还有倾注感情，将自己代入乐曲所展现的意境中才能更好地阐释乐曲。

他闭上眼，琴弓从弦上扫过，音符漫延开来。

宁听坐在靠窗的椅子上，在司瑄右后侧的方向，看他偏头架着小提琴，动作优雅流畅。与生俱来的清冷矜贵以及刻在骨子里的温柔涵养，宁听想，她喜欢上司瑄实在是再正常不过的事情吧。

04

对话框的字删了又删，宁听才终于编辑好信息，犹豫再三最终还是点了发送：能麻烦你一件事吗？

发完这条消息，她就立刻把手机扔在床上，强迫自己去洗漱。

等她收拾好拿到手机的那一刻心情突然忐忑起来，像是潘多拉

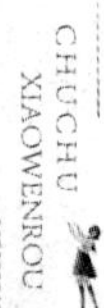

的魔盒，暗暗猜测他有没有回复消息，他会回复什么。

宁听深吸一口气解锁手机，显示有一条未读消息，她雀跃地点开——

司瑄：有多麻烦？

和想象的不太一样。

不听不听：这件事说起来有些复杂……

司瑄：那见面说。

见面说？宁听看着这条消息一激动脑袋磕在了床沿上，她捂着额头半晌才缓过劲来。

而司瑄久久没有收到宁听的回复，正盯着手机暗自思忖自己的提议是不是太唐突吓退了宁听。

不听不听：现在吗？

看着屏幕上新弹出来的消息，司瑄眼里染上笑意，他回复：明天吧，你什么时候有时间？

不听不听：我都行！

毕竟是求人帮忙，自然是要以他的时间为准。

司瑄：那明天中午？

不听不听：可以。就在西区食堂怎么样？我请你吃午饭。

司瑄：好。

宁听捧着手机开心得直冒泡，已经开始想明天午饭要吃什么，冷静下来她才后知后觉地想起来他还没答应要帮她呢。

突然就有些开心不起来了，万一他拒绝呢？

低落了一会儿，她又乐观起来，算了，至少约到了他一起吃午饭。

等江沅洗完澡出来，宁听迫不及待地和她分享了这个消息。

“我明天中午约了司琯一起吃饭！”

江沅“啧啧”赞叹：“出息了啊听宝！你这是打算告白？”

宁听摇头，郑重道：“暂时不会。但我决定主动靠近他，让他先看到我了解我，再决定要不要喜欢我。”

想到前两天谈起司琯时，宁听还是一副垂头丧气的样子，江沅虚握着拳头递到她嘴边，问：“采访一下，是什么促使你主动迈出这一步？”

宁听认真地看着她：“是你啊。”

“我？”

“你说不要留遗憾。”

江沅欣慰地摸摸她的脸：“宝贝，你终于想通了。”

“单身到现在，好不容易遇到喜欢的人，当然不能放过他！”宁听握了握拳，气势像是要找司琯约架。

宁听翻着日历，星锐要求一周三天的坐班，她一般是周一到周三这三天去星锐，明天正好是周一。

但现在，当然是和学弟吃饭更重要！她给组长发了消息报备，把这周的坐班时间换成了周二到周四。

司琯第二天上午满课，十一点半下课，正是饭点食堂人最多的时候，他一般都会等到十二点人少一点再去吃午饭。

但今天宁听已经在食堂等他了。

司琯跟着人群往食堂方向走，谢煜从身后追上他，好奇道：“今天怎么这么早就去吃饭？”

“嗯，约了人。”

司瑄一向独来独往，这还是第一次听他说约了人，谢煜心里挺不是滋味，他可以拍着胸脯自信地说在班里和司瑄关系最好的就是他，但即便是这样他也从来没有和司瑄一起吃过饭。好奇心瞬间被勾了起来，他问：“约了谁？”

“你不认识。”

谢煜自来熟道：“没事啊，一起吃顿饭不就认识了！”

司瑄这才转头看他，认真道：“不方便。”

谢煜不是第一次在司瑄这里受挫，所以心态特别好，自己给自己找了个台阶，笑容满面地祝他用餐愉快。

宁听已经提前买好了饭，二楼靠右边第二排的位置，司瑄一上楼就看到了她。

她穿着一件米白色的针织衫，头发自然地披散下来，发间别着一枚发夹，远远看着像是一只蝴蝶歇在她头上，看起来乖巧又温柔。

“等很久了吗？”司瑄在宁听对面落座，姿态自然。

“啊……没有。”宁听正在微信上和江沅她们闲聊，都没注意到司瑄已经到了。她收起手机把其中一份饭推到司瑄跟前，“这家店的煲仔饭我吃了四年，你尝尝。”

“谢谢。”

光是司瑄一个人在食堂吃饭就已经能吸引不少目光，更何况现在他的对面还坐着宁听，那个据说正在追求他的大四学姐。

因为已经预想过可能会出现这种情况，宁听已经调整好心态，此刻在大家或偷偷打量或光明正大盯着看的目光里神色自若地吃着饭。

两人都没有一边吃饭一边聊天的习惯，所以直到吃完饭从食堂出来司瑄才问宁听："需要我帮什么忙？"

"想请你帮忙录首歌来着。"宁听递给司瑄一只耳机，"你先听听这首歌。"

耳机里在放枕风的《凛》，司瑄双手不自觉地收拢，在想自己到底是什么时候暴露的，宁听怎么会知道他就是枕风，紧张到手心都冒了汗。

但宁听并不知道司瑄的心理活动，完全沉浸在"我喜欢的男孩子正在和我一起听我男神的歌"这种矛盾又甜蜜的情绪里。

"你听过这首歌吗？"不等司瑄回答，宁听又自顾自地继续说，"这是我最喜欢的一首歌，之前画稿子的时候，只要放这首歌都会特别顺畅，但最近这首歌不太灵了，我已经好长时间没有顺畅地画过稿了。"

听她这么说司瑄心情愉悦地勾起嘴角，颇有些骄傲。

"之前元旦晚会听你唱过歌，觉得你的音色很特别，所以想说能不能请你帮忙录一下这首歌，拯救一下我枯竭殆尽的画稿灵感。"她巴巴地望着司瑄，一双杏眼里闪着希冀的光芒。

所以她并不知道自己是枕风？司瑄悬起的一颗心终于放下。《凛》是他的处女作，和后面的作品比起来知名度并不高，但这首歌竟然和宁听有这样深的关联，他突然有种宿命感。

"好，但可能需要一点时间。"

宁听没想到司瑄会答应得这么干脆，欣喜道："没关系，大概

需要多长时间？”

“一周。”司瑄看了看宁听，“有人帮忙的话应该能再快一点。”

“那有什么我能帮上忙的吗？”

“到时候联系你。”

两个人都努力藏着脸上的笑意，但眼里的甜蜜已经随风四散开来。

05

自从上次大闹星锐后，宁听就再没见到过丁砀，也没有收到他任何消息，所以今天在学校碰到他宁听还很意外。

“好久不见啊，有没有想我？”丁砀仍然招摇得像一只花孔雀。

“没空。”宁听连个多余的眼神都没有给他。

丁砀伸手去搭宁听的肩膀，被她闪身躲开，委屈道：“你都不关心一下我吗？我可是刚从医院回来。”

宁听这才认真地上下打量着丁砀，见他不像是有什么大碍的样子，嘴硬道：“你没听说过一句话吗，祸害遗千年。”

“啧，没良心。”

两人的关系看起来很亲近，司瑄敛去眼里的笑意，眼神淡淡地落在丁砀身上。

“哟，这位同学有点眼生啊，是你朋友吗？”丁砀像是这才发现宁听身边还站着一个人。

宁听指着丁砀给司瑄介绍：“这是我同学，丁砀。”然后冲着司瑄道，“这是我朋友，司瑄。”

两人视线对上，微微冲对方点头，气氛变得微妙起来。

司瑄不理会丁砀别有意味的打量，收回视线落在宁听身上，道："下午还有课，我先走了。有需要帮忙的地方联系你。"

"好！"宁听忙不迭地点头。

等司瑄走远，丁砀开始秋后算账："怎么，他是朋友，我就只是同学？宁听，你没有心。咱俩认识快七年了，我在你心里就只是同学是吧？"

"好了，对不起，是我不该隐瞒我们真实的关系，再有下次我一定如实向人介绍你。"

宁听突然认错态度这么良好，丁砀准备好的指责她的话都没机会说出口，心里隐隐觉得她还在憋大招，果不其然——

"大家好，这是我儿子丁砀。"

"……"

"你求我帮忙的时候不是喊爸爸喊得挺诚恳的吗，我手机里还存着视频，要看看吗？"宁听一双大眼睛真诚又无辜。

斗嘴从来没赢过，丁砀也输习惯了，这个爸爸他敢喊就敢认。他不再和宁听纠结这个问题，转而八卦地问："你们今天中午一起吃饭了？"

"是啊。你怎么知道？"

"全校都知道了……"

"哦，比我想的要快一点呢。"宁听倒是也不意外。

丁砀一时不知道该接什么，只能给她比了个大拇指。

"你是认真的？你可是马上就要毕业了，人家学弟才刚刚大

一……”丁砀说到一半忽然想起什么事，恍然大悟道，“你不会是因为这个才决定去星锐实习的吧？”

“部分原因吧。”宁听并不否认。

所以这就能解释得通了，为什么一直计划毕业就回榕城工作的宁听会突然决定去星锐实习，因为她想留在江城。

因为他在江城。

丁砀神色复杂地看着宁听，满脸都是“为了爱情值得吗”的表情，欲言又止道：“你这才是真正的意气用事。”

宁听耸耸肩，不甚在意道：“或许吧。”

她做出了选择，就不会后悔。

四月尾的天气，拂面而过的微风带来干燥的暖意，宁听站在一棵枝繁叶茂的梧桐树下，有细碎的光落在她身上，温柔耀眼又生机勃勃。

丁砀眯眼看着宁听，想起那些讨论宁听和司瑄的八卦帖子，有不少人觉得宁听和司瑄不搭，理由无非是一个即将迈入社会，而另一个还在象牙塔，生活环境的差异会在无形之中将两人推得越来越远。

这是相对委婉的说法，还有人披着马甲直言宁听配不上司瑄：前途无限的音乐学院小王子和一个连顺利毕业都困难的大四学姐，用脚指头想都知道两人不配。

丁砀在下面回复：用脚指头想？这是承认你的脑袋长着只是为了显身高？

接下来就是一轮又一轮的网络骂战，但丁砀根本不虚，他一个人骂哭了对面一个宿舍。

都是些大一的小学妹，宁听风光无限的时候，她们还在收“五年高考三年模拟”，大概是看了“江大百事通”说宁听江郎才尽的那篇推文，觉得交不出毕业设计就没法毕业，所以宁听在她们眼里直接变成了连毕业都困难的大四学姐。

“喂——你的毕业设计怎么样了？”丁砀问她。

“快收尾了，你呢？”

“也差不多了。”丁砀冲她摆了摆手，“我去吃饭了，回见。”

“丁砀，”宁听喊住他，“你说你刚从医院回来，怎么了？”

“阑尾炎，去动了个小手术。”他摸了摸自己的肚子。

难怪最近都没有丁砀的任何消息，宁听抿着唇不知道该说什么，半晌才道：“哦，那你命还挺大的。”

嘴硬心软的家伙，丁砀不在意地笑笑：“祸害遗千年嘛，我去吃饭啦。”

口袋里的手机振了两下，丁砀摸出手机看了眼，是宁听的消息：别吃太辣的，大荤太油的也不要吃。

他顺势回头，只看到混在人群里的宁听的背影，单薄却坚韧。

06

五一假期后，宁听收到了司瑨发给她的文件，是他刚刚录好的《凛》。

熟悉的前奏缓缓在耳边流淌，宁听屏息以待，直到耳机里传来司瑨的声音，清冽低沉，轻轻吟唱着这首她听过无数遍的歌。

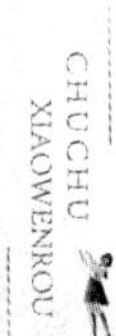

没有百万修音，没有强大的后期，司瑨的声音清晰得仿佛贴着她的耳朵在唱，想到这里，宁听没出息地红了脸。

她给司瑨发消息：很好听，谢谢你。

这是只唱给她一个人听的《凛》，宁听心里像打碎了蜜罐一样甜。

那个下午她坐在星锐的办公室，耳机里在单曲循环司瑨给她录的《凛》，画稿意外地很顺畅。

宁听走出星锐大楼时已经是黄昏时分，迎面吹来的风里带着湿气，城市上空飘浮着朦胧的云雾，隐约酝酿着一场大雨。

她在随身背的包里翻了下，早上出门时还是晴天，所以没带雨伞。

她加快了脚步，希望能在雨落下来之前回到学校。可惜天不遂人愿，宁听出地铁时外面已经淅沥沥地下着雨，地铁口挤满了躲雨的人。

有人等雨停，有人在等伞。

宁听在等雨停。江沅今天刚好有事要外出不在学校，又不好意思麻烦其他人给她送伞，宁听索性在这里等雨停。

天一点点暗下来，雨越下越大，地铁口等着的人也在慢慢变少，到最后只剩下宁听和一个大叔面面相觑。

“姑娘，贴个膜不？”大叔热情地招呼她。

“那贴一个呗？”宁听把手机递过去。

两人就这么有一搭没一搭地聊起天来。

“我看这雨一时半会儿是停不了，姑娘你咋没让人来接你？”大叔动作利落地揭下宁听手机碎了边的膜，从脚边的塑料盒里找到对应型号的膜，仔细地对好边贴上去，拿工具从头刮到尾清空气泡。

“喏，好了。”

宁听接过手机：“谢谢您，多少钱？”

“不用了，送你！”大叔收好箱子，望着雨幕笑得温柔又幸福，“我要回家了。”

宁听回过头，看见有人撑着伞朝地铁站走来，还没看清身形倒是先听到了数落声：“出门的时候，我就告诉你今天要下雨让你带把伞你不带，我这锅里还炖着肉呢！”

大叔乐呵呵地站起身往伞里钻：“我这不是忘记了嘛。”他回头冲宁听摆了摆手，“姑娘，我先回去了，天色暗了，你注意安全！”

最后地铁站只剩下宁听一个人，她将手伸到外面，细密微凉的雨点落在她的掌心上。

雨不算太大，宁听抿了抿唇冲进雨幕里。

汽车轮胎与地面摩擦的声音，鸣笛声，雨滴敲打伞面的声音，在各种各样混杂在一起的声音中，宁听听见有人喊她的名字。

下一秒，有一把黑色的大伞罩在她头上，像是被笼罩在透明的结界里，周遭的声音都变得缥缈虚幻，唯一真实的是她心跳的声音。

这是宁听第一次听见司瑄喊她的名字，他微皱着眉头：“这种天气，淋雨容易感冒。”

有雨水顺着她的额头往下流，在下颌处汇成水滴没进衣领里，她眼眶发热，胡乱地抹了把脸，笑道：“都怪这雨下得太突然了。”

司瑄示意她往里站一点：“走吧，我送你回宿舍。”

宁听轻声道了谢，缓步走在他身旁。

路面积了水，在灯光的映衬下或明或暗，宁听低头看着路面，心里涌动着的情绪挤得她心口发酸。

在地铁站等雨停的时候，看着身边的人一个个被接走不是不羡慕的，她并不是矫情的人，却在那一刻真实地感到孤独，也希望能有一把伞为她圈出一方避风港。

她冒雨往学校跑的时候还在想，只要我跑得够快他们就看不见我的狼狈，直到在喧闹的街头听见司瑄的声音。

曾经幻想过的情节突然就实现了，宁听只觉得这一切都不太真实，包括今晚这场雨。

“听过歌了吗？”

司瑄的声音将宁听拉回现实：“嗯。很好听。”她微微偏头，视线落在司瑄撑着伞的手上，“我给你发了消息，没看到吗？”

“学校乐团排练，一下午都在练琴。”

难怪一整个下午都没等到他的回复。

路边突然蹿出一条狗，宁听吓得躲在司瑄身后，还紧张地拽住了他的衣角。

司瑄一手撑伞，一手将她虚护在身后。

狗已经跑远，宁听这才松了一口气，松开司瑄的衣角干笑道：“小时候被狗咬过，所以很怕狗。”

司瑄含笑应了一声。

“托你的福，我拥有了新的灵感源泉。”

“你是指我给你录的《凛》吗？”

“对啊，我今天下午就靠着它画稿呢。”

“那就好。”

宁听忽然想到下午在宿舍群讨论，到底《凛》是她的灵药，还是司瑄的声音是她的灵药？

宿舍三个人一致投给司瑄的声音。

林意意说：“以前你喜欢枕风，所以枕风唱的《凛》是你的灵药；现在你喜欢司瑄，所以司瑄唱的《凛》是你的灵药。通过控制变量法我们可以很直观地发现，司瑄就是你的灵药。”

有理有据，令人信服。

宿舍楼就在前面，宁听第一次觉得从校门到宿舍的这条路这么短。

“今天谢谢你噢。”

“不用谢，早点休息。”

宁听小跑着站到檐下，冲司瑄挥了挥手。

江沅还没回来，宿舍只有宁听一个人。宁听先洗了个热水澡，将湿衣服都换了下来。

准备洗衣服时，她听见手机在振，是司瑄打来的电话。

她擦干手接听：“喂？”

“现在方便下楼吗？”他的声音通过电流传到她的耳畔，瞬间搅乱她的心。

连为什么都没问，宁听几乎是脱口而出“方便”。

等她穿着拖鞋“噔噔噔”跑下楼时，第一眼便看到那把送她回宿舍的黑色雨伞。司瑄往前几步站到她跟前，递给她一张票：“刚刚忘记了这个。”

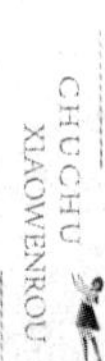

“这是什么？”宁听疑惑地接过。

“这周日有一场音乐会，你有空吗？”仔细听的话能发现他强装镇定的语气里藏着一丝小心翼翼的期待。

“有啊！”宁听将票收在口袋里，“我有空！”说完，自己都觉得自己不矜持，但管他呢！

学弟在约她一起听音乐会啊！矜持什么的先往旁边放放！

“还有这个。”司瑄递给宁听一盒感冒冲剂，“今天淋了雨，等会儿睡前记得喝一包，预防感冒。”

宁听脸上的笑容藏都藏不住，仿佛司瑄给她的不是感冒冲剂，而是长寿仙丹。

她清了清嗓子，正色道：“你知不知道学校都在传我在追你。我在想，他们传都传了，要不我干脆付出点实际行动，坐实这件事？”

“那你准备怎么追我？”司瑄垂眸看着她，眼里闪着晦暗不明的光，轻描淡写的一句话仿佛是下蛊的咒语，勾走了她的理智。

宁听强迫自己盯着司瑄的眼睛，输什么都不能输气势！她踮起脚凑到他唇边轻轻啄了一下，迷迷糊糊道：“这样？”

唇畔传来柔软的触感，宁听的理智瞬间回归，等意识到自己做了什么的时候，她几乎是落荒而逃。

07

“如果我说我刚刚是被外星人绑架了，你会相信吗？”

占完便宜就跑确实有些说不过去，宁听斟酌半晌给司瑄发了这条消息。

“你觉得我应该相信吗？”

宁听捧着手机，脸烫得厉害，什么叫她觉得……她莫名从这句话里品出了一点儿暧昧的意思。

“我不要我觉得，我要你觉得。”

两个人像在打太极似的，宁听又把球抛给了司瑄。

她实在拿不准司瑄到底是什么意思，想请一个清醒的旁观者帮她理性分析一下，所以把聊天记录截图发给叶梨，大概解释了一下事情的前因后果。

抛开叶梨对她的调侃不谈，宁听觉得叶梨的分析还是很有道理的。

“他肯定也是对你有好感的，不然你亲完人家逃跑后，现在给他发消息看到的肯定就是红色感叹号！而且，你品一品他这句‘你觉得我应该相信吗’，你细品，这摆明了是在试探你，把选择权交到你手上。如果你觉得他应该相信，当这件事没发生过，那你就是个始乱终弃的负心汉！如果你觉得他不应该相信，那你可就得对人家负责了！”

叶梨一通分析猛如虎，把宁听都给绕蒙了，满脑子都是“我想对司瑄负责”，于是她点开和司瑄的聊天界面，上面显示司瑄给她发过来的新消息：那我不信。

她回：我会对你负责的。

叶梨还在电话里感叹：“暧昧上头的时候，像极了爱情。”

宁听觉得自己现在确实有些上头。

接下来几天宁听都忙得晕头转向，毕业设计定稿，准备答辩

PPT，因为她前期一直处于没灵感的状态，所以星锐那边的参赛作品进度已经落下了一大截，这两天正在拼命赶进度。

她根本没时间风花雪月，只是偶尔在微信上和司瑄不咸不淡地聊几句“吃了吗”“睡了吗”“今天天气好好”这种没营养的话题。

江沉说宁听和司瑄现在的状态属于“恋情萌芽期”，就等着看谁率先捅破这层窗户纸。

周末，两人约了一起去音乐会，宁听觉得这是个捅破窗户纸的好机会。

放手一搏，单车会不会变摩托还不好说，但学弟有可能会变成男朋友。

音乐会在周日，宁听在周六晚上收到司瑄的消息：“我有事要回家一趟，明晚的音乐会不能陪你去看了，抱歉。”

宁听盯着这条消息看了许久，试图揣测他在编辑这条消息时的想法。这是婉拒吗，又或者他家里确实是有事？

一周的期待落空，她心口堵得厉害，沮丧和委屈的情绪像潮水淹没了她。

暧昧不仅会上头，还会让人受尽委屈。

江城的夏天在不知不觉中来临，太阳虽已落山，温度却仍然炙热。不过是从艺设大楼到操场的距离，宁听背后已经起了一层薄汗。

她绕着操场走了两圈，耳机里在播司瑄给她录的《凛》，第一百遍循环结束的时候，她点开微信回复司瑄的消息：“没事，正好我这周日也有其他的事。”

在察觉到司瑄的疏离之后，她迅速地藏好了这一周来的期待与雀跃，假装这场约会对她来说也是可有可无。

因为要准备毕业答辩，林意意和杨心珧都回了学校，这还是这学期开始后宿舍四个人第一次聚齐。

宁听回宿舍时，她们正凑在一块热火朝天地抽王八，三个人顶着三张大花脸热情地招呼她：“一起来啊！”

她出门时，这三个人还在一脸苦大仇深地改论文，现在这副其乐融融的样子让她忍不住怀疑：“你们的论文已经定稿了？”

三人互相使了个眼色，江沅和杨心珧从地上爬起来一左一右地架着宁听的胳膊，林意意拿着眼线笔狞笑着朝她逼近：“宿舍新规定，谁提毕业论文谁就要受惩罚！”

挣扎也没用，宁听索性闭上眼睛：“画吧。”

林意意撇嘴：“你这么配合让我一点成就感也没有。”

江沅在旁边附和：“就是，你得挣扎！”

于是宿舍四个人闹作一团，最后宁听也变成了大花脸。

林意意“哎”了声，提议道：“咱们去不醉不归吧！没有大醉一场的毕业不是真正的毕业！”

江沅看了眼宁听，道：“听宝明天不是要和学弟去音乐会吗，得早睡早起美美地去约会！”

宁听怔了一下，无所谓地笑笑：“明天的约会取消啦。”

江沅嘴巴微张，无声地“啊”了一下。杨心珧担忧地看着宁听，又不好表现得太明显，很快就移开了眼睛。林意意豪迈地揽着宁听的肩：“那就更要不醉不归了！”

考虑到安全问题，四个人最后在学校的小超市买了酒拎回宿舍，

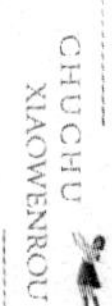

一边回忆着大学四年，一边喝着酒。

最先哭的是林意意，一边哭一边骂丁砀浑蛋。宁听也帮着她骂，林意意把头埋在宁听肩窝里，小声道：“自从我和丁砀分手后，你为了照顾我的感受都很少和他联系，但我知道他是你很好的朋友，谢谢你听宝。再给我一点时间，我很快就能放下了。”

宁听心疼地回拥着她，坚定道：“意意，你以后一定要幸福，要特别特别幸福。”

四个人抱头痛哭，哭累了就这样横七竖八地在地上铺着的瑜伽垫上睡着了。

夜风温柔地吻着整座城，宁听站在阳台上，夜渐深，灯光都已经湮灭。她纠结了许久，还是拨通了司瑄的电话。

她想要一个肯定的答案，无论结果如何。

“喂？”司瑄的声音有些哑。

“我喝了酒，但是很清醒，也知道自己在做什么。你想知道我那天为什么要亲你吗？”宁听一口气说完想说的话，那边却久久没有回应。

“司瑄，你在听吗？”听筒里隐约有人声传来，他似乎在和人交谈，宁听又问了一遍，仍然没有回应。

“我现在有点事，稍后打给你。”就在她心灰意冷准备挂断电话的时候，等来了司瑄的回答。

“不用了，没什么事。”宁听挂断电话，将司瑄的手机号和微信都加入黑名单。

她的努力到这里就结束了。

司瑄听着电话里的忙音忽然有些心慌。

祖父突然病重，无暇园乱成了一锅粥，他回来后就一直在奔忙，没有片刻的停歇。

接到宁听电话时，他还有些意外，但还没听清她说了些什么，大哥就来喊他，说祖父要见他。

忙完已经是深夜，他想着来日方长，等回学校再和宁听解释清楚。

但他没想到的是，自从这通电话过后，宁听便彻底从他的世界消失了。

再见面已经是三年后。

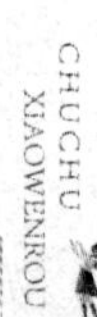

第九章
流光一瞬

01

流光一瞬，三年也不过是弹指一挥间。

宁听一整天都心不在焉的，脑海里走马观花似的闪过一些零碎的片段，每一个碎片里都映着司瑄的脸。

她心里实在乱得很，急需找人倾诉，所以约了叶梨一块儿吃晚饭。

放学时，宁听特意又多留了一会儿，等学生都走得差不多了才离开学校，一路上遮遮掩掩生怕碰到熟人，准确地说是生怕再碰到司瑄。

主要是他俩这关系实在是有些尴尬，叙旧也不知道该从哪里开始叙。

叶梨已经在餐厅点好了菜等宁听，还没等宁听落座就催促道：“快给我讲讲你和学弟的爱恨情仇恩怨纠葛，满足一下我憋了一天的好奇心！”

“也没有那么复杂，”宁听抿了一口杯子里的热茶，轻声道，“就是一个我喜欢他但他不喜欢我的烂俗故事。”

“不只是这样吧？”叶梨探究地看着她，“我记得当时你是不是还强吻了人家来着？”

“不是！”宁听被热茶烫到舌头，急切地压低声音解释，“什么强吻！就是不小心亲了一下而已！”

叶梨敷衍地耸耸肩：“哦，就当你是不小心亲了一下吧。那你在慌什么？怕他时隔三年再来找你负责吗？”

“我倒是想他找我负责呢……”宁听小声嘀咕了一句。

“你看看你这心虚的样子，明显对学弟余情未了啊！”

宁听打死不认：“没有，我就是想到之前的一些事，所以心里有点乱。”

叶梨收起玩笑关切地看着她，问：“想到那些不开心的事了吗？”

“没有。都过去那么久了，我早就走出来了。”宁听垂眸看着桌子上的木纹，语气淡淡的。

叶梨在心里叹了口气，不再继续这个话题，安慰她：“你就当

他是偶然路过你生活的过客，以后不一定还会有交集。”

“宁老师！”叶梨话音刚落，宁听就听到了齐嘉越的声音，他正迈着小短腿往她这个方向跑，身后跟着司瑄。

现在往桌子底下钻还来得及吗？

显然是来不及了，因为司瑄也看到了她。

叶梨回头看了一眼，问宁听：“是你学生？”

宁听僵硬地点点头。

看她这样子叶梨也大概猜到了一点，试探地问她：“他身后跟着的就是那个学弟？”

宁听再次点头。

叶梨又回头看了一眼，赞叹道：“眼光不错啊。”

这不是重点好吗！

“我其实不是很饿，要不我们改天再一起吃饭吧，我妈今天还特意嘱咐我早点回家来着。”宁听随便找了个借口就想开溜。

“我菜都点好了，你敢走试试。”叶梨语带威胁。

说话间，齐嘉越已经跑到了宁听跟前，仰着小脑袋热情地和她打招呼：“宁老师你也在这里吃饭吗？”

“哈哈……是啊……”宁听笑着应了一句，感觉到司瑄的视线正落在她身上，表情又僵硬了几分。

“又见面了。”司瑄定定地看着宁听。

叶梨明知故问：“你们认识？”

宁听瞪了她一眼。

“嗯，认识。”司瑄揪着齐嘉越的领子，将他和宁听拉开一些距离，冲叶梨颔首道，“你好，我是司瑄。”

“你好你好，我叫叶梨，是宁听的朋友。”叶梨不顾宁听的眼神示意，热情地邀请司瑄，“既然你们认识，要不干脆凑一桌吧？正好我们才刚点好菜，还没开始吃！”

要是眼神能杀人叶梨现在大概已经被宁听的目光凌迟了。

“好啊！我想和宁老师一块吃饭！”不等司瑄回答，一旁的齐嘉越先开心地应下了。

“会不会不太方便？”司瑄说这话时，眼睛一直看着宁听。

回答他的是叶梨：“当然方便！”

或许是宁听脸上的表情太过于视死如归，齐嘉越看着她小心翼翼地问：“宁老师，你不想和我一块吃饭吗？”

“没有呀，老师刚刚在想嘉越喜欢吃什么菜。”小孩子都很敏感，宁听尽力藏好自己的情绪，笑着捏了捏他的脸。

叶梨换到了宁听这一边坐，司瑄和齐嘉越就坐在她们对面。

因为有齐嘉越和叶梨在的缘故，这顿饭吃得并不尴尬。

快结束时，叶梨接到了男朋友的电话，说等会儿过来接她看电影。

叶梨抱歉地看着宁听：“等会儿不能陪你一起回家了，你自己一个人没问题吧？”

宁听满脸疑惑，以前不也是我一个人回家吗？

“没问题。”

“真的没问题吗？你家住得远，这么晚打车会不会不太安全？要不我和邱旸还是先送你回家再去看电影吧。”

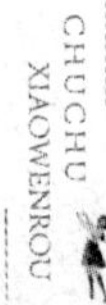

宁听看了眼时间，才刚刚七点。等他们吃完离开最多七点半，这么晚？这人今天怎么尽说些她听不懂的话？

“我送你回去吧。”说话的是司瑄。

“不用——”

“那宁听就麻烦你了！”

两人一起开口，但叶梨嘴比宁听快，所以她的“不用麻烦了”硬生生被堵在嘴边。

宁听难以置信地看着叶梨，突然有些明白叶梨今天为什么尽说些她听不懂的话，因为那些话根本就不是说给她听的。

吃完饭，叶梨被邱旸接走，齐嘉越一手牵着宁听，一手牵着司瑄，蹦蹦跳跳地往前走：“我们一起送宁老师回家吧！”

不想扫了小朋友的兴，宁听就没再拒绝。

至于叶梨，回头再找她算账。

02

司瑄在开车，宁听和齐嘉越坐在后排。

“宁老师，你之前就认识司瑄哥哥吗？”齐嘉越似乎从两人今天的相处状态里嗅出了一丝端倪，此刻正好奇地看着宁听。

“嗯，我们之前在同一所学校念书。”这也没什么好隐瞒的，宁听简单解释了一句。

“那你们是很好的朋友吗？”

宁听一时不知道该怎么回答。

“是。”回答齐嘉越的是司瑄。

宁听通过镜子偷偷看司瑄，正好对上他映在镜子里的眼睛，随后迅速将视线移向窗外。

她的心一直悬着，担心司瑄问她为什么不告而别，她还没有想好要怎么回答。

幸好他没问，也可能是因为有齐嘉越在旁边。

车停在她家楼下，宁听摸着齐嘉越的头和他说再见，又瞟了一眼司瑄，客气道："今天麻烦你了。"

"应该的。"司瑄手搭在方向盘上，左手食指一下又一下轻轻敲打着方向盘，姿态从容又闲适。

在宁听准备开门的时候，司瑄喊住她："宁老师，能留一下联系方式吗？方便沟通齐嘉越的学习情况。"

"啊？"宁听开门的动作顿了一下，然后愣愣地报了自己的手机号码。

司瑄拨出了电话，听到她包里传来的铃声就按了挂断键："这是我的号码，没换。"

"哦，好的。"宁听竟然从司瑄这句话里听出了一丝幽怨，想到自己当时拉黑他的微信和电话，不禁有些心虚。

他似乎和从前不太一样了，宁听也不知道该怎么形容，就姑且称他身上这种变化为"成熟"吧。

宁听下车时刚好碰到出来扔垃圾的柳清荷，柳女士倒是没说什么，只是轻飘飘地看了她一眼就高贵冷艳地转身进了屋。

一个眼神胜过千言万语，宁听在心里哀号，柳女士百分之百会误会。

果然，她刚进屋就看到柳女士优雅地坐在沙发上，问：“今天送你回来的是谁？这车看着有些陌生啊。”

“学生家长。”司瑄也确实算是她的学生家长吧，宁听为自己的机智点了个赞，这样说柳女士总不至于再追问了吧。

“学生家长？要和学生家长，尤其是学生的爸爸保持距离，我不是叮嘱过你好多次了吗？你还让人家送你回家，就不怕学校有人传闲话吗？”虽然当时天色暗她也看得不是很清楚，但还是大概能看出开车的是个年轻男人，再联想到之前听到的丈夫出轨孩子老师，年轻女老师情陷离异单身学生家长这一类的八卦，她的脸色瞬间变得难看。

见柳女士突然变脸，宁听还蒙了一瞬，脑子里又过了一遍她的话才明白过来她是什么意思，颇为无奈地解释道：“是一个学生的哥哥，你放心，我还是很有职业操守的哈。”

“学生的哥哥？多大年纪了啊？做什么工作的？人品怎么样？”

宁听：“不知道，不清楚，我们也不是很熟。”

柳女士瞪她：“不熟你也敢随便让人送你回家！”

“也不是完全不熟，是一个学弟，不过也很久没有联系了，我也不知道他怎么突然就来榕城了。”宁听简单地解释几句。

“学弟？还在念书吗？”

“现在应该大四了吧。”

“哦，那比你小好几岁咧。”柳女士的表情明显很可惜。

“什么叫小了好几岁！不到三岁好吗！”宁听突然激动。

柳女士斜眼看她：“干什么，你还真对人家有想法？”

“也没有，就是你这么说显得我好像已经年纪很大了一样。”宁听的气势瞬间弱了下来。

“你的年纪也确实不小了吧。我就不说别人了，你看叶梨现在都已经开始筹备结婚了，你还一点动静都没有，你心里就一点不着急？”

开始了，又开始了。

从今年年初起，柳女士就对宁听的感情状况格外关注，时不时地旁敲侧击一下，最近这段时间越发频繁，宁听猜测再过段时间柳女士大概率会直接押她去相亲。

“感情的事是急不来的，所以急也没用。”宁听试图安慰柳女士，结果柳女士更生气了。

“是急不来，但你天天不是在学校就是窝在家里捣鼓你那破网店，跟条咸鱼一样，是指望着馅饼自己砸你头上？”

“胡说，你见过像我这么勤恳努力的咸鱼吗！”宁听义正词严。

“行了，我也懒得说了，你自己上点心。”

宁听比了个 OK 的手势就上楼捣鼓她的网店去了。

柳清荷叹了口气，也不是她想催宁听，只是每次听见有人在背地里议论女儿她就气不打一处来。明明是各个方面都很出众的女孩，只是因为没恋爱就要被人议论，她作为母亲生气又心疼。

03

回家的路上，齐嘉越气呼呼地鼓着腮帮子：“宁老师是美术

老师，你要了解我的学习情况应该找王老师！”王老师是他们的班主任。

“美术老师？”司瑄也很惊讶，那他刚刚还一本正经地让宁听留个联系方式沟通齐嘉越的学习情况？他还以为自己隐藏得很好，作为家长去要老师的联系方式顺理成章，结果她是美术老师？

那他以后还怎么找借口约她出来聊齐嘉越的学习情况，如意算盘落空，司瑄有些闷闷不乐。

齐嘉越一脸“我就知道”的表情看着司瑄，问：“你是不是也喜欢我们宁老师？”

“也？”司瑄捕捉到齐嘉越话里的信息，“还有谁喜欢你们宁老师？”

“好多人都喜欢我们宁老师！”齐嘉越一脸骄傲，“前两天我还看到一个叔叔来学校接宁老师，还给她买了好大一束花！”

司瑄心里堵得慌，闷了半晌才问：“是她的男朋友？”

“才不是，宁老师没有男朋友。”

心头笼罩的乌云散了点，司瑄问：“你怎么知道？”

“我就是知道。”齐嘉越一脸嫌弃地看着他，“宁老师是不会喜欢你的。”

正好遇到红灯，司瑄把车停稳回头看着齐嘉越：“为什么？”

齐嘉越下巴一抬：“宁老师喜欢像我这样聪明可爱的男孩子！”

原来是这样，司瑄收回视线敷衍地“哦”了一声：“明天早上我送你上学。”

齐嘉越往椅背上一靠，拒绝道：“不要！”

“带你去吃麦当劳。”

“那好吧。”齐嘉越勉为其难地应下来，神神秘秘地凑到司瑄身后，低声道，“告诉你一个秘密，宁老师喜欢唱歌好听的男孩子。”

“坐回去，系好安全带。”司瑄冷声叮嘱齐嘉越，旋即弯唇笑了笑，这个秘密他很早以前就知道了。

想起她拐弯抹角地请他帮忙录歌，说枕风是她最喜欢的歌手，《凛》是她最喜欢的歌。

想起她在雾蒙蒙的雨夜开玩笑说要追他，想起她印在他嘴角的轻吻，想起她在福利院手把手地教他包饺子，还想起她骗他吃下一个包着榴梿糖的饺子，还说要满足他一个心愿。

他的心愿早就想好了，她却消失了三年。

他们明明一起经历了这么多事，每一件他都记得清清楚楚，她却好像都忘了。

或者说，这些对她来说无关紧要。

司瑄轻叹了一声，一时竟有些迷茫。

人这一生随着年龄增长会有许多意难平，他原本以为宁听会是其中一个，随着时间流逝会渐渐淡去，只是偶尔夜深回想起年少时会感慨这段未遂的感情。

现在宁听又宿命般地出现在他面前，像是上天在给他机会弥补这个遗憾。

祖父去世的那个夜里，他接到宁听的电话却没能听清她说的话是他这三年来最大的遗憾。

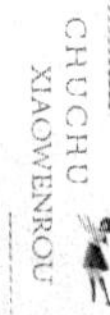

等处理完祖父的身后事，一切尘埃落定之后，他回到学校才发现联系不上宁听，这个人就像是凭空消失了一样。

或者说是在他的生活中消失，就像她突然闯进他的生活那样，又突然消失。

他们唯一共同认识的人是福利院的陈院长，但陈院长也联系不上宁听。

直到这时候司瑨才发现，原来除了知道她叫宁听，是艺设学院大四的学生，自己其实对她一无所知。

之前共同经历过的种种就像是黄粱一梦，如果不是艺设学院的展厅还摆着她的毕业设计，他大概真的会觉得宁听是他自己臆想出来的一个人。

在今天遇到宁听之前他心里更多的是遗憾，遇到她之后却有了心结。

为她的不告而别。

他以为他们是朋友，如果要离开就算没有拥抱也应该好好道别。

通话记录第一栏的十一位数字，司瑨已经烂熟于心，这是宁听今天报给他的号码。

他试着在微信添加好友的搜索框里输入了宁听的号码，匹配到一个微信名叫“真猪奶茶”的人，头像是她一贯的风格，签名是“不听不听，乌龟念经”，司瑨点了添加。

等了一会儿没有收到通过好友请求的消息，司瑨决定先去洗漱，等他洗漱完回来也还是没有收到消息，于是他又添加了一遍。

齐嘉越抱着玩偶推开司瑄的房间门：“你想给我讲睡前故事吗？”

司瑄面无表情地瞥他一眼：“不想。”

“那明天我就告诉宁老师你喜欢她！”

司瑄挑眉：“你不会以为拿你们宁老师当筹码就能威胁到我了吧？

“还真的能。说吧，今天想听什么故事？”

故事讲到一半，司瑄忽然心血来潮地问：“你想学画画吗？”

齐嘉越摇头：“学琴已经很辛苦了，我不想学画画。”

“那你想跟着你们宁老师学画画吗？”

齐嘉越眼睛都亮了：“可以吗？”

“当然可以。”

司瑄问他：“为什么这么喜欢宁老师？”

齐嘉越反问：“那你为什么喜欢宁老师？”

“……”

“睡吧。”司瑄象征性地拍了拍他的背，“想听什么故事让Robert给你讲。”

Robert是齐嘉越的智能学习机器人。

司瑄站起身：“Robert，给齐嘉越讲个故事。”

“在呢，你想听什么故事？”

“随便。”说完，他就带上房门出去了，留给齐嘉越一个敷衍的背影。

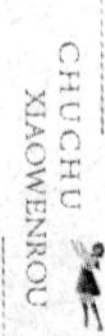

大角正版

04

宁听其实第一时间就看到了司瑄的好友请求，但一直犹豫着没有通过。

她把手机放在一边，开始忙网店的事。

店名叫“聆听”，主要是做首饰定制，也会出售一些她自己设计的饰品。这个店开的时间并不算长，到现在也不过一年多的时间。一开始一个月也接不了一单首饰定制的活，主要是靠卖饰品维持经营。

今年年初的时候接了一个订单，对方是一个小有名气的二次元博主，有百来万的粉丝，对宁听设计的项链很满意就免费给她打了个广告，从那个时候开始“聆听”的生意就慢慢好了起来。

一个订单接一个订单，已经预订到了明年年初，她平常除了忙学校的事情就是在画设计图，实在是忙不过来，所以她暂时停止接定制的活了。

最近更是在考虑辞掉学校的工作，专心经营“聆听”，还在考虑开一间工作室，这件事她想了许久，但还没和家人商量。

浑浑噩噩地过了那么长一段时间，现在她的生活正一步步回到正轨，设计是她的初心，也是她想坚持一辈子的事业，所以她想全身心地投入进去，更好地经营“聆听”。

放在一旁的手机忽然欢快地唱起了歌，是叶梨打来的电话。

宁听一点也不意外，以她对叶梨的了解，她早就料到会有这通电话。

她开了免提，继续忙自己的事情。

“你怎么不告诉我你当年暗恋的学弟原来是这么一个男神级别的人物！”叶梨咋咋呼呼的，宁听担心柳女士听到，将音量调小了点。

“所以这就是你今天数次出卖我的原因？”

电话那头的叶梨不满地“啧”了一声：“这怎么能叫出卖呢，我是在给你制造机会啊！怎么样，这次再见到学弟还心动吗？”

“心动啊——”宁听话锋一转，“心不动不就死了嘛。”

“你就嘴硬吧！”就像宁听了解叶梨，叶梨也十分了解宁听，认识宁听这么久没见她在哪个异性面前乱过阵脚，今天吃饭的时候她整个人束手束脚，一看就是对学弟余情未了。

其实叶梨并不十分清楚宁听的这段感情经历，只是当初听宁听随口提了几次，说有个学弟的声音取代枕风的声音成了她画稿时的灵药。一开始叶梨也没放在心上，尽管宁听天天扒着她的耳朵安利枕风，但实不相瞒，她每次都是嘴上附和，一次也没入坑过。

直到毕业前夕，宁听给她发了张截图，她这才意识到一直被她戏称“多巴胺缺失体质”的死党是真的遇到了能刺激她分泌多巴胺的人。

如果不是后来发生那件事，宁听放弃一切孑然一身回到榕城，两人应该会在一起吧。

宁听回榕城后，周围的人都会刻意避免谈到她在江城的经历，担心会刺激到她再去钻牛角尖想那些不开心的事。

所以叶梨也没再和宁听聊过这段感情经历，直到今天宁听主动给她发消息提起这件事，再加上对司瑨第一印象不错，所以就顺手推了一把。

但叶梨也感觉到了，宁听似乎在闹别扭，并不明显，是多年相处的经验给她的直觉。

“哎——说真的，你是怎么想的，考虑和学弟再续前缘吗？”叶梨的想法很简单，宁听这两年的状态比刚回榕城那年好了很多，整个人都渐渐明朗起来，所以也不用再像以前那样把江城的人和事完全隔绝在她的生活之外。

而司瑄是她认识宁听以来宁听第一个也是唯一一个喜欢的男生，很明显现在还喜欢，所以她希望宁听能弥补之前的遗憾。

“再续前缘可不是这么用的，而且，我们也没有前缘可以续。”宁听表现得很淡然。

“没有前缘吗？当初不是你主动亲的人家吗？”叶梨断定宁听是在嘴硬。

宁听的思绪被搅乱了，也没法静下心来画设计图，干脆停下了手中工作。算了，都过去这么久了，也没什么不好说的，她轻轻地叹了一口气，道：“他不喜欢我啊。”

她给叶梨讲了那个电话的事，这件事她埋在心里许久，每每想起都会心口发酸。

“你看，他这不是婉拒得很明显吗？”宁听对这件事的理解是，司瑄当她是朋友不想让她太难堪，所以借口有事挂断了电话。

“所以他后来怎么解释的？”叶梨恨不得把自己的头打歪，她今天还自以为是地给两人创造独处机会，没想到是在给宁听伤口上撒盐。

“哦，我直接拉黑了他的电话和微信。”

叶梨心里刚升起的自责愧疚和心疼腾地消失，激动得从椅子上跳了下来：“万一学弟真的是没听清楚你在说什么呢！万一他真的是有事不方便接电话呢！”

宁听哽住，她怎么就完全没考虑过这一点。

叶梨还在暴风输出：“依我看，这事完全是你自己想多了。你仔细想想你自己的行为，占完便宜就拉黑了人家的联系方式，还消失了三年，你看你像不像始乱终弃的感情骗子！”

宁听被叶梨的一通分析砸蒙了，一下子从被辜负的那个人变成辜负别人的人。

这逆转，转得她眼冒金星。

她打开微信找到司瑨的添加好友请求，颤抖着手点了通过。

05

崇礼是榕城排名第一的私立学校，设有小学部、初中部和高中部。

宁听其实主要是负责高中部美术艺考生的艺考培训课程，教小学部美术只是附带，因为之前负责小学部的老师请了孕假，所以她帮忙代课一学期。

这段时间宁听都在忙艺考的事情，每天焦头烂额，再加上最近智齿发炎，她半边脸都是肿的，吃也吃不好，说话都困难。

忙完艺考的事情后，她请了一周的假，下定决心要去拔出这颗动不动就作祟的智齿。

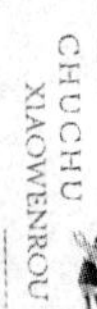

周述在榕城人民医院的口腔科工作，宁听提前和他约好了时间，特意挂了他的号。

第一次拔智齿，虽然周述已经提前给宁听科普了许多相关知识，说她这颗牙长得特别乖，是很好拔的那种。但真到拔智齿的当天，宁听还是很紧张，甚至打起了退堂鼓，被柳女士骂了一顿才视死如归地出门。

因为医院有周述帮忙看着，柳清荷和宁学礼也放心，再加上他们确实是忙得腾不开身，所以就没陪宁听一块儿去医院。

拔智齿这事儿可大可小，宁听熬夜在网上看了好多网友分享的经验，有人十分钟结束，完了跟没事人一样，也有人在拔牙过程中出现牙槽骨骨折、软组织撕裂等情况。

周述已经准备好在等她，宁听进去的时候十分忐忑，心里已经预想了好几种手术意外，但看到周述还是稍微安心了点。

也不知道是周述医术精湛，还是她这颗牙确实长得很好拔，她还没进入状态就听到周述说："好了。"

等她回过神来时已经坐在诊室外的长椅上咬着止血纱布，样子看起来有些狰狞。周述替宁听拔完牙还有其他的事要忙，叮嘱她在办公室等他。

宁听走了几步觉得头有些晕，顺势坐在了外面的长椅上。

"宁听？"

恍惚间听见有人喊她的名字，她循着声音看过去，司瑄就站在离她不远的地方，身旁还跟着齐嘉越。

这是他第二次喊她的名字，中间却隔了这么久。

想到叶梨那句掷地有声的“你这个始乱终弃的感情骗子”，宁听瞬间有些心虚。

齐嘉越先跑向宁听，苦着一张小脸问：“宁老师，你也有蛀牙吗？”

“自此……”宁听咬着纱布，吐词含混不清。

“智齿？”司瑄重复了一遍。

宁听点点头。

司瑄视线扫了一圈周围，问：“一个人？”

宁听再次点头。

“你坐在这里等我一会儿，我带齐嘉越看完蛀牙送你回家。”

“哎——”宁听本来想说不用了，但她一张嘴纱布就掉了下来，还沾着口水，怪尴尬的，她还是“闭麦”吧。

司瑄带齐嘉越看完蛀牙回来时，宁听身边多了一个人，准确地说是多了一个穿着白大褂的男人，正低头嘱咐着宁听什么。

齐嘉越拉了拉司瑄的衣摆，示意他弯下身来，凑在他耳边说：“这就是上次送宁老师花的那个叔叔！”

司瑄眸光沉了沉，朝宁听走过去。

宁听看见司瑄弯了弯嘴角，扯出一个笑来。

周述顺着她的视线看过去，闻声问：“是你说的那个要送你回家的朋友？”

宁听“嗯”了一声。

周述朝司瑄微微颔首，笑道：“那麻烦你了。”

“应该的。”司瑄淡淡地应了一句。

宁听站起来朝周述挥了挥手，和司瑄一起下了楼。

距离上次一起吃饭已经过去了快一周的时间，加上微信后也没有收到司瑄的任何消息，宁听其实也有些猜不透他的心思。

但这次再坐他的车，宁听的心境却有了很大的改变，她现在看到他就莫名有些心虚。

正心虚的时候，听到司瑄问她："可以教齐嘉越画画吗？"

"啊？"宁听转头看着齐嘉越，"你想学画画？"

齐嘉越巴巴地点头。

宁听有些犹豫："我怕教不好，你想学什么？我可以给你介绍老师。"

齐嘉越抱着她的胳膊撒娇："我就想要你教我嘛。"

司瑄很满意齐嘉越的表现，适时开口道："他就是一时兴起，你不要有压力，随便教教就行。"

"那行吧。"这一大一小两个人，都很难让人说出拒绝的话，宁听问，"什么时候开始？"

"不着急。寒假开始吧，寒假你有时间吗？"

宁听点头，教小孩子的时间总是能挤出来的。

"再过两天我就回学校了，到放寒假再回来。"他特意提到学校，其实是想勾起宁听的一些记忆，他的学校曾经也是她的学校。

宁听隔了一会儿才习惯性地"哦"了一声。

司瑄通过后视镜看宁听，她正偏头看着窗外，眼神轻飘飘的，没有焦距，不知道在想什么。

是他从未见过的宁听。

06

宁听的生活并没有因为司瑄的再次出现发生变化，她在松了一口气的同时却又隐隐觉得失落。

其实还是期待变化的。

又是周五，宁听照旧在办公室多留了一会儿，整理好这周的工作日志和下周的教学计划，离开学校时天色已经暗了下来，北风呼啸着扑面而来，吹得路两旁的行道树沙沙作响。

路灯已经亮了起来，橘黄色的光给萧瑟的冬日添了一丝暖意。宁听将羽绒服的帽子扣在头上，抬头时发现路边的索引牌旁站着一个人，身形颀长，影子斜斜地横在路面上。

宁听驻足，抿唇犹豫了一瞬还是走到司瑄跟前："在等齐嘉越吗，一年级应该早就放学了呀。"

司瑄半张脸捂在衣领里，见宁听出来站直了身体，温声道："在等你。"

从心底满溢出来的微妙情绪迅速向四肢蔓延开来，她整个人像是被包裹在柔软的棉花糖里，她定了定心神，问："等我？"

司瑄垂眸看着宁听，眼神温柔澄净："来找你商量教齐嘉越画画的事。"

见宁听有瞬间的迟疑，他解释道："齐嘉越一直催着我来找你，因为明天就回学校了要等寒假才能回来，所以就想先把这件事定下来，你也好再安排其他的事。"他抄在衣兜里的手不自觉地收紧，掌心因为紧张微微出了汗。

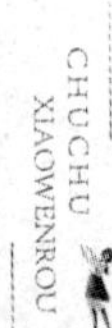

“可以的。”宁听点头。

“吃饭了吗？”

“啊？”话题转得太快，宁听有些跟不上节奏。

司瑄轻笑：“我们总不能就这样站在路边聊吧？”

也是，宁听问：“那找个地方坐下来？”

“附近有一家‘宁味鲜’，我们去那里？”司瑄征求她的意见。

宁味鲜……

宁听欲言又止，支支吾吾道：“也行……”

“就按你的喜好来吧。”见她似乎很勉强的样子，司瑄以为是“宁味鲜”不合她的口味。

这大冷的天最适合去“宁味鲜”喝汤了，宁听犹豫的点是崇礼附近这家“宁味鲜”是她大伯在负责，如果她和一个陌生男人去吃饭，不出一分钟这个消息就会传到她爹妈耳朵里，然后柳女士就会火速赶来围观她的“未来女婿”，而宁大厨也会拎着他的菜刀抵达战场：“我倒要看看是谁在打我女儿的主意！”

这场面，宁听光是想想就头皮发麻。

汤可以不喝，但命不能不要。

宁听看着司瑄，问：“你想吃火锅吗？”

“可以。”

于是两人就近找了家火锅店。

在征求司瑄的意见之后，宁听要了一个牛油锅，汤底漂着厚厚一层干辣椒和花椒，辛香扑鼻，让人食指大动。

氤氲的热气模糊了人的视线，司瑄其实是吃不了辣的，才吃了几口就辣得上了头，不小心呛到捂嘴咳红了脸。

“你还好吗？”

司瑨摆摆手。此刻他脸色绯红，眼里还凝着水汽，看起来还……怪诱人的。

“可能是太久没吃辣，有些不适应。”司瑨抿了一口茶润嗓子。

“榕城人不是天生就能吃辣吗？”宁听十分讶异，她身边的人都是很能吃辣的。

“我不是榕城人。”司瑨定定地看着她，嗓子因为刚刚咳过有些哑。

宁听蒙了一下，眨了眨眼睛愕然道：“你不是榕城人？”

“不是，我母亲是榕城人。”

“我以为你也能吃辣，所以点了特辣的牛油锅，你怎么不拦我一下。”宁听有些着急，特辣牛油锅的威力一般人确实承受不住。

“不碍事。”司瑨已经缓了过来，嘴唇的灼烧感也减轻了许多。

宁听喊来服务员将锅底换成了鸳鸯锅。

“原来你是榕城人。”司瑨的视线透过氤氲的雾气落在宁听身上，情绪不明。

宁听避开他的视线低头笑：“对呀，土生土长的榕城人。”

他沉默了半晌，问她：“所以毕业后就回榕城了吗？”

汤底已经烧沸，“咕咚咕咚”地冒着泡，宁听微不可闻地“嗯”了一声。

怕司瑨问她为什么不告而别，她一颗心高高地悬了起来。

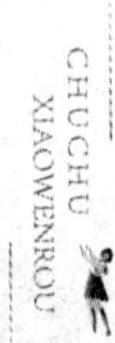

看着她的反应，司瑄没再继续这个话题，轻笑道：“我高中就是在榕城念的。”

宁听松了一口气，顺着问：“哪所学校？”

“崇礼。”

“哦，那不是校友。”

“是校友啊，大学校友。”司瑄这句话带着一点儿试探的意味，几次接触下来，他能感觉到她似乎不太愿意提大学期间的事。他其实有许多问题想问她，但又怕问出来以后她像三年前一样再次从他的生活里消失得一干二净。

慢慢来吧，他想着，至少现在他有了名正言顺靠近她的借口。

第十章
一千场梦

01

宁听画完稿已经是凌晨，她一手捏着僵硬发酸的颈椎，一手习惯性地点开手机。

有一条未读消息。

是司瑄发来的一个 mp3 文件，她点开，略显忧郁的前奏慢慢铺开，她的心像被潮水浸湿，莫名也沾了点伤感。

歌词和曲调都很陌生，她还试着在网上搜了搜，没有找到对应的信息。

“是你写的歌吗？很好听。”

那边只回了一个“嗯”。

“这首歌叫什么名字？”

“《一千场梦》。”

“《一千场梦》？有什么由来吗？”

司瑄卖了个关子，说再过两天她就知道了。

再过两天……

宁听心想还好自己不是好奇心重的人，不然今晚连觉都没法睡。

这个小插曲宁听也没放在心上，只是最近画稿时的单曲循环从司瑄当时给她录的《凛》变成了这首《一千场梦》。

临近元旦，眼看这一年就要结束了，宁听手里还积压着好几个订单，最近几乎天天都在熬夜画稿，一天最多睡五个小时，肉眼可见的憔悴。

跨年夜，柳清荷和宁学礼出去过二人世界，家里就剩宁听一个人，照旧是埋头在书房画稿。

摆在一旁的手机振了两下，她瞟了一眼，发现是微博特别关注的提醒。

枕风工作室：历时三年，枕风携全新单曲祝大家新年快乐。

她点开枕风工作室微博分享的链接：

作词：枕风

作曲：枕风

演唱：枕风

她的男神枕风继《凛》之后又出新歌了？

评论里一溜的“活久见”，宁听笑了笑，可不是活久见。

等等，让她捋一捋。

这首歌也叫《一千场梦》？从歌词到曲调确实是她这两天一直在单曲循环的《一千场梦》来着，但这不是司瑄写的歌吗？怎么又变成枕风的了？

宁听心里有太多的疑问急于寻找答案，正好司瑄打来电话。

“听到枕风的新歌了吗？”司瑄的声音很轻很浅，裹着呼啸的风声传到宁听的耳朵里。

“嗯。”宁听轻咬着下唇，心头浮现一些不太好的猜测。

“你是第一个听到这首歌的人。”

他口中的“第一个”带着些说不清道不明的暧昧和缱绻的温柔，莫名让她心跳漏了一拍。

宁听呢喃着唤他的名字：“司瑄……”

“我在你家楼下，方便下来吗，有些话想当面告诉你。”

楼下？宁听跑到阳台上看了一眼，楼下的路灯下确实站着一个人。

明知道宁听可能看不见，司瑄还是仰头冲她笑了笑，也或许正是因为知道她看不见才敢这样在她面前袒露自己真实的情绪，满眼温柔地冲她笑。

宁听一路小跑着下楼，气喘吁吁地站在他面前。

司瑄还没来得及开口，宁听忽然很轻很快地抱了他一下，不带任何情愫，满含安慰与鼓励的拥抱。

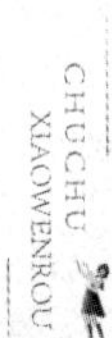

司瑄的身体僵了一瞬。

宁听很快就松开了他，在路灯的映衬下，她脸上有种无能为力的难过。

“怎么了？”第一次见宁听这样，司瑄有些手足无措。

宁听努力扯出一个笑来：“就是想告诉你，这个世界上确实有很多扭曲黑暗的沼泽，但只要你不放弃做自己的太阳，总有一天会让所有人看见你的光。”

她说得坚定诚恳，瞳仁映着路灯的光，耀眼得让他移不开眼睛。

但他还是很疑惑。

“你怎么了，是遇到什么不开心的事了吗？”

宁听轻叹一声：“枕风的新歌我听了，和你那天发给我的 demo 一模一样。”她自己也很矛盾，一方面不相信自己喜欢了这么多年的枕风会做这样让人不齿的事情，占用别人的作品，与其这样宁听更希望他永远不要出新歌；一方面又为司瑄遇到这样的事感到气愤，这件事多多少少勾起了她一些阴郁的记忆。

“所以，你知道了？”司瑄上扬的声线里藏着毫不掩饰的期待。

宁听点点头，愤懑道:“他能抢走你的作品，但抢不走你的才华。”

司瑄雀跃的期待僵在脸上：“哈？”

他捋了一下，所以宁听这是误以为《一千场梦》是枕风抄袭的他的作品？

她怎么就没考虑过另一种更显而易见的答案，比如，他就是枕风。

为了挽回枕风在宁听心中的形象，司瑄不好意思地解释道：“其实，我就是枕风。”

这下轮到宁听迷惑了。

她用一种“这人该不是受刺激精神失常了吧”的怜悯眼神看着他，欲言又止道：“你也不要太难过了。”

司瑄：这剧情跟我想的不一样。

在他的设想里，宁听在得知他是枕风后应该会又惊又喜满眼星星地看着他：“天啊！原来你就是枕风！我喜欢你好久了！”

现实却是宁听安慰地拍了拍他的肩膀，劝他别太难过了。

“我真的是枕风。”司瑄有些着急，但他的急切让这句话听起来可信度更低。

“你不是听了正式版的《一千场梦》吗，就没听出来声音和我的很像？”

刚刚宁听的注意力全在词曲上，忽视了声音。她又放了一遍《一千场梦》，在脑海里和司瑄发给她的demo对比，发现相似度确实很高。

沉默是今晚的宁听。

“你……真的是枕风？”

司瑄点头。

想到自己曾经当着他的面说“枕风是我喜欢了很久的一位歌手”，宁听就非常想就地活埋自己。

“哈哈……”宁听只能干笑，实在不知道要说什么。网上关于枕风真实身份的讨论很多，现在枕风真身就站在她面前，和她想象中的完全不一样，但其实也能说挺像的。

在她的想象中，枕风应该也是一个干净挺拔温柔明朗的少年。

“今天来就是想和你说这件事。”司瑄笑了笑，“毕竟枕风的粉丝不多，你算是铁粉。之前一直没有拿得出手的作品，所以不好意思告诉你我就是枕风。希望《一千场梦》没有辜负你的喜欢。”

这一刻宁听又变回了枕风的迷妹，连连摇头道：“没有！很好听！”

司瑄轻笑，笑声染红了宁听的脸。

02

无边的黑暗拉扯着她，越是挣扎越是坠向无尽深渊。

宁听从睡梦中醒来，她睡觉时习惯开一盏小夜灯，此刻睁开眼睛看到房间内熟悉的摆设一颗心这才慢慢平静下来，她看了眼时间，不到五点。

身上出了汗，黏腻的触感很不舒服，再入睡也困难，她索性起床去洗了个澡。

宁学礼听到动静轻手轻脚地从房间出来，看见浴室亮着灯，心下了然，便下楼去厨房给宁听热了一杯牛奶。宁学礼端着牛奶上楼的时候，宁听刚好从浴室出来，看见他有瞬间的愕然，旋即内疚道：“吵到你和妈妈了？”

宁学礼慈祥地笑笑：“年纪大了本来就睡眠浅，早就醒了。听到外面有动静还以为家里进了贼。”说着顽皮地朝宁听挤了挤眼睛。

“我妈也醒了？”

“没，她睡得香着呢。”其实夫妻俩都醒了，但又怕两人都出来会让宁听有压力，因为宁学礼在家里一直是扮演着慈父的角色，这才让他出来看看情况。

“趁热把牛奶喝了，爸爸给你吹头发。”怕吵到柳清荷，两人去了宁听平常画稿的书房。

温热的风轻拂着她的头顶，宁学礼的手在她发间穿梭，动作轻柔又笨拙。香甜温热的牛奶浸过喉咙，宁听的心头也笼着暖意。

头发吹到九分干，宁学礼关了吹风机，替她把长发拢在脑后:“好了，爸爸的手艺还不错吧？”

“是我见过的最专业的 Tony 老师！”宁听很给面子地吹了一通彩虹屁，怕他没休息好让他再回去眯一会儿。

“你困了？”

宁听摇头：“我画会儿稿。”

“那陪爸爸聊聊天？”怕她不愿意，宁学礼退了一步，“不想聊天也行，那我就在这看你画稿，绝对不会妨碍到你。”

宁听心头发酸，红着眼眶道：“爸爸，我没事的。”

“今天又做噩梦了，对吗？”宁学礼心疼地看着她。

“嗯。”宁听低下头，不敢对上他满含担忧的目光。

“其实，我已经很久没做梦了，可能是最近太辛苦了。”

宁学礼摸着她的头，宽慰道：“太辛苦了就好好休息一段时间，过两天你放寒假咱们一家人出去旅游怎么样？”

“好啊，我去当你和妈妈的电灯泡。”

父女俩一起窝在懒人沙发上有一搭没一搭地聊着天，宁听借着灯光看到宁学礼鬓边新生的白发，心脏像是被一只手紧紧攥着，无

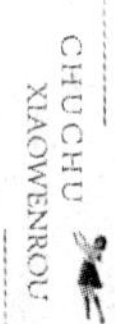

法言说地难过与自责。

想起她大学毕业刚回榕城的那段时间，压抑沉重得让她不愿意再回忆。

那段时间她被诊断出重度抑郁，柳清荷和宁学礼寸步不离地守着她，无数次她从噩梦中挣扎着醒来都有人在床边守着她，有时是宁学礼，有时是柳清荷。两人都会在第一时间给她温暖的怀抱，拍着她的背告诉她："没关系，爸爸妈妈会一直陪着你。"

后来有一次，柳清荷因为长时间的睡眠不足在工作时忽然晕倒被送去医院，宁听才发现自己一直把自己禁锢在阴影中不肯走出来是多么任性的一件事。

于是她开始尝试说服自己走出来，积极地看心理医生，努力让自己开心起来。她也确实做到了，柳清荷和宁学礼也都松了一口气，一直以来笼罩在他们女儿头顶的乌云似乎终于散开了。

如果不是今天误以为司瑄遭遇了和她同样的事情，牵扯出那些不愉快的记忆，她也以为自己已经走出来了。

事实上，她只是一直在强迫自己不去想那件事，假装自己已经释怀。

实在不忍心再让宁学礼陪着她熬，宁听假装打了个哈欠说自己困了，催着他也去休息。

回了房间她也睡不着，索性拉开窗帘等日出。

看时间时，发现丁砀一小时前给她发了消息：我今年春节会回家，怎么样，是不是很期待?

丁砀毕业后签了一家意大利走轻奢路线的小众珠宝品牌，这三年一直在意大利发展，几乎没有回过家，偶尔回国也是出差，没有回过榕城，所以两人自从毕业后还没有见过面。

宁听问他怎么突然决定回国。

丁砀给她发了条语音：“老头子病重，回去分家产啊。”是他一贯漫不经心的语气，还带着点讥讽。

他这么说宁听并不意外。

丁砀初中时父母决定分开，母亲改嫁去其他城市，父亲也再娶，家里多了一个比他小十五岁的弟弟，他和家里关系不好宁听是知道的。

隔了一会儿，丁砀又发了一条语音过来：“其实，我这次回国有更重要的事，SHIMMER决定入驻中国市场，考虑在中国成立分公司，正在做市场调研。分公司很可能设立在榕城，我也会被调派回国，你真的不考虑来SHIMMER吗？”

自从宁听毕业回榕城后，丁砀就开始劝宁听去意大利投奔他，一直到现在也没有死心，宁听一直以不想离家太远拒绝他。眼下SHIMMER要在中国成立分公司，他觉得这对宁听来说是个很好的机会，他不想她的才华就这样被埋没。

丁砀不知道宁听在星锐遭遇的事情，以为宁听是因为没有最终入选受了打击才一直不愿意再从事珠宝设计，宁愿在学校当老师。他又发了一条语音过来，第1836547次辱骂星锐设计部的人有眼无珠，顺便劝宁听好好考虑一下他的建议。

这次宁听没有直接拒绝，说会考虑一下。

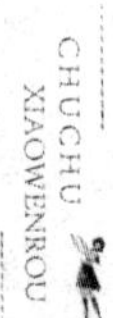

03

“雨声停，是你送我的第一千场梦醒。”

耳机里放着《一千场梦》，宁听正在整理学生交上来的作业，办公室的门被人轻叩了两声。

“请进。”

齐嘉越扒着门缝探进来半边身子，神神秘秘道：“宁老师，我有很重要的事情要找你。”

“真的是很重要的事情。”他又郑重其事地强调了一遍。

宁听摘下耳机冲齐嘉越招招手：“进来吧。”

办公室还有其他老师在，齐嘉越站在门口没动，抿唇眼巴巴地看着她。

宁听意会，起身朝他走过去，双手撑在膝盖上，弓身笑着问他：“找我有什么事呀？”

齐嘉越牵起宁听的手，一直走到没人的拐角，还很警惕地看了看身后，确定没人这才从口袋里掏出一个小盒子，递给宁听：“这是司瑄哥哥让我带给宁老师的。”

盒子和齐嘉越的手掌差不多大小，黑色丝绒在阳光下显得很有质感，像是装首饰的盒子。

宁听犹豫着没有接，作为老师，她不能收学生家长的任何东西。

像是看出了她的顾虑，齐嘉越直接把盒子塞到她手里：“这是司瑄哥哥送给你的礼物，宁老师不要的话，司瑄哥哥会伤心的。”小家伙仰着头，表情很严肃。

“那好吧，替我谢谢你的司瑄哥哥。”宁听失笑，将盒子收在了衣兜里。

“宁老师，你要自己说谢谢哦。”齐嘉越歪着头，一副小大人的模样。

“好的，谢谢嘉越。”宁听弯腰摸了摸他的头。

完成司瑄交代的任务后，齐嘉越一路小跑着回了小学部的教学楼。宁听从衣兜里摸出盒子打开，里面放着两张音乐会的门票。

思绪忽然飘回到很久之前那个下着雨的晚上，她仿佛被蛊惑般地踮起脚吻了司瑄。

还有那场临时被放鸽子的音乐会。

又是音乐会啊，像是命中注定的轮回。

宁听有些猜不透司瑄的心思，他送上门票好像是在告诉她“三年前欠你的那场音乐会我现在补给你”，可她期待的不是和他一起看演唱会，而是伴随着这场音乐会一起出现的他们在一起的“可能性”。但现在，过去了这么久，她所期待的“可能性”早就随着时间一起消逝。

宁听犹豫着不知道该不该赴这场约，这几次接触下来，她发现自己还是很喜欢司瑄，喜欢到没有办法和他做普通朋友。

在得知司瑄就是枕风后，宁听惊讶过后更多的是感慨，为自己始终如一的喜欢。

她从前不相信缘分，但遇到司瑄后她改变了自己的想法，有些事情就像是冥冥之中注定好的，比如她喜欢司瑄这件事。

不管重来多少次，就算是以全新的身份重新认识，她还是会再次喜欢上他。

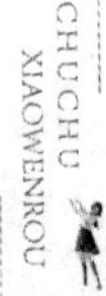

快放学时，收到司瑄发来的信息，问她有没有收到门票。

宁听客气地说了谢谢，礼尚往来地说有机会请他吃饭。

这才知道司瑄今天早上刚回了学校，那他昨晚赶回榕城就只是为了当面告诉她，他就是枕风？

宁听不由得又多想了一点，很快又回过神来警告自己不要自恋。

音乐会在这周五晚上，司瑄在消息里说的是他临时回学校有点事，这周就能处理完回学校。

放学后，宁听打车去了商场，叶梨约她一起逛街，说是要请她帮忙挑两身衣服。

元旦刚过，街上过节的氛围还很浓厚。

叶梨和宁听完全是两种穿衣风格，所以叶梨突然说要请她帮忙挑两身衣服时明天还很意外，问了之后才知道叶梨周末要和邱旸的父母一块吃饭，也就是“见家长”。

宁听还挺意外的，没想到她和邱旸都到见家长这一步了。

说起来叶梨和邱旸一路走来也挺不容易的，一开始叶梨的父母都不同意两人在一起，因为邱旸年龄比叶梨小，觉得不靠谱，担心叶梨吃亏。

但邱旸用自己的实际行动赢得了叶梨父母的认可，两人最终取得了这场持久战的胜利。

宁听在想别的问题：“你说父母都会很介意男生的年龄比女生小吗？”

叶梨一下子就听出了宁听的话外音，取笑道：“你不如直接问我叔叔阿姨会不会介意司瑄的年龄比你小。”

宁听没出息地红了脸："我不是这个意思……"

叶梨耸耸肩："我爸妈就是思想比较落后，但我感觉叔叔阿姨都是很开明的人，你和司瑄如果真的在一起他们应该不会反对吧。"她拿起一件衣服在身上比画了一下，"年龄没什么重要的，不过是多吃了几年饭，重要的是两个人今后要一起携手走过的时间。"

宁听若有所思地点点头。

因为周五要和司瑄一起去音乐会，宁听也给自己挑了一身新衣服。

虽然理智不断提醒她不要过分期待，但感性上她已经开始为周五的音乐会做准备。

04

周五放学的时候，宁听收到司瑄的消息说他在学校门口等她，以为他是来接齐嘉越放学顺便接她的，她就没有多问，习惯性地去开后座的门却发现门锁着。

司瑄降下车窗示意她坐到副驾驶座上，宁听上车后才发现齐嘉越不在。

"嘉越呢？"

"我是来接你的。"

除了安全带扣上的声音，车里安静得宁听能听见自己瞬间加速的心跳声，以及血液在血管里奔腾流动的声音。

通俗点说，叫上头。

她一时不知道该接什么，索性不再说话。

音乐会在榕城剧院举办，离崇礼有一段距离，正值晚高峰，路上有些堵。

司瑄开车很稳，不只是车技稳，心态也很稳。

窗外是此起彼伏不耐烦的喇叭声，但他们车内却一片祥和。

宁听想到“路怒症”，据说百分之九十九的司机都有这个病，她之前坐叶梨的车也是，但凡堵车超过一分钟叶梨就会开启骂骂咧咧模式。

想到这里，她笑着问：“你知道‘路怒症’吗？”

司瑄怔了一下，随即正色道：“道路千万条，安全第一条。”

他认真的样子像极了科普交通规则的交警，成功逗笑了宁听。

司瑄有片刻的晃神，为她脸上突然绽放的笑容。

两人到达剧院时离音乐会开场还有四十多分钟，去吃饭时间不够，但现在检票进场又稍微有些早。

榕城一中就在剧院旁边，宁听提议去学校转一转。高中毕业后她回来的次数屈指可数，每次回来一中都会有些许变化。

跑道换了新的塑胶，食堂重新翻修，教学楼刷了新漆的每一处变化都在提醒她留在一中的痕迹又少了一些。

或许是因为毕业后回学校感伤物是人非的人太多，门口的保安没有多问，登记完信息便放他们进了学校。

一中校史悠久，校道两旁种满了榕树，每一棵树上都挂着一个牌子，上面写着班级号。

每个班负责一棵树，这是一中一直以来的传统。

宁听带着司瑄往前走，数到第九棵的时候停下脚步，指着榕树告诉司瑄：“我们班以前就负责这棵树。”

应该是想到了什么好玩的事情，她脸上一直带着笑：“我们班同学都管这棵树叫‘考神’，每逢考试都要来拜一拜。后来不知道是谁先开始的，期末考试时在树上挂了心愿牌，上面写着目标分数。后来挂心愿牌的人越来越多，不管是什么考试都会在树上挂心愿牌。现在想想它作为一棵树，未免也承受了太多不该承受的期待。”

司瑄笑着问：“那你挂过吗？”

宁听狡黠地眨了眨眼睛：“马克思主义哲学告诉我们，唯心主义是成不了事的。”她笑了笑，话锋一转，“但我高中的时候没学过马克思主义，所以我当然也挂过。”

说得理直气壮，司瑄眼里的笑意更浓了些。

他忽然想到自己在榕城度过的三年高中时光，后悔自己没有来一中而是去了崇礼，但转念一想好像也不用后悔。毕竟他入学时，她刚好毕业，即便是在同一所学校也不会早一点遇见。

时间有限，两人只在学校大致转了一圈便折回了剧院，正好赶上检票进场。

这是宁听第二次来听现场音乐会，第一次还是好多年前，也是在榕城剧院。

今晚的音乐会是一支管弦乐团带来的古典弦乐演奏，因为对音乐了解不多，宁听来之前还特意在网上查了资料。

宁听不知道的是，这个乐团的首席小提琴演奏者是司瑄的母亲，齐墨淳。

演出结束，宁听云里雾里地被司瑄带到后台，云里雾里地听司

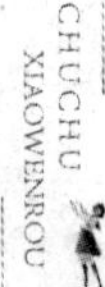

瑄向她介绍，然后脑子里像是被扔了一颗惊雷，瞬间清醒，礼貌地打招呼说了声“阿姨好”。

齐墨淳笑眯眯地回应了她的问好，瞋了司瑄一眼，道：“我说你怎么突然问我要票。”

这不在她的预想之中，宁听也没有应付这种场面的经历，也不敢贸然开口，脸上一直挂着礼貌得体的微笑。

甚至还在不合时宜地想她这是不是也算见过家长了？念头刚冒出来就被她粗鲁地挥开，八字还没一撇呢！

齐墨淳乐团还有庆功宴，打完招呼两人就先走了。出剧院后，司瑄向宁听道歉：“抱歉，没有提前跟你说，担心说了之后你会有心理负担，想着长痛不如短痛。”

长痛不如短痛原来还能这么用？

宁听表示理解，毕竟在司瑄心里他们是朋友，朋友之间见对方的家长实在是再正常不过的事情。

返程的路上车辆少了许多，路上没有那么堵，更衬得车厢内过分安静。

司瑄主动开口找话题：“之前的那场音乐会因为家里临时来消电说祖父病重，所以没能和你一起去看，虽然隔了很久，但幸好我还有机会弥补，希望你能喜欢。”

祖父病重？宁听又是震惊又是懊恼，所以他是因为祖父病重才爽约的？而她还矫情地拉黑了他所有联系方式？

她可真是……

太离谱了。

宁听努力消化完这个横在她心里三年的结，斟酌着开口：“对不起。”

“什么？”司瑄没想到她会突然道歉，有些愕然。

“当时因为你放了我鸽子，所以我有些生气，拉黑了你所有联系方式，是我欠考虑了，对不起。”

宁听松了一口气，有些话说出来好像也没有那么难。

司瑄轻笑：“应该生气的，是我先放了你鸽子。”

“我现在已经不生气了。”

05

寒假开始，宁听按照之前和司瑄商定的计划教齐嘉越画画，一周三次，每次教半天，就在齐嘉越家。

对于她突然去教人画画这件事，柳清荷和宁学礼都十分意外。要知道之前柳清荷有个朋友想请宁听教她儿子画画，宁听当时可是婉拒了的。

她想把业余时间都花在经营“聆听”上。

但两人一向不太干涉宁听的决定，听她说是教一个朋友的弟弟，而这个弟弟本来也是她的学生，就没再多问。只是问她之前计划的家庭旅行怎么办，宁听想了想，决定让两人去过二人世界，而她自愿留在家当大龄留守儿童。

这段时间都是晴天，阳光暖融融地照在人身上，空气中飘浮着冬天特有的味道。宁听上午一般都会带一本书抱几袋零食到二楼的露台晒一下太阳，午饭就随便吃点什么应付一下，下午要么去教齐

嘉越画画，要么就自己关在书房画稿，晚饭去家附近的“宁味鲜”解决，生活说不出的惬意。

如果要去教齐嘉越画画，司瑄都会提前来家里接她。

宁听很享受现在这段时间，私心希望这个寒假长一点，再长一点。

今天下午是约定好要去教齐嘉越画画的时间，宁听刚解决午饭就收到司瑄说在楼下等她的信息，比以往要早一点。

宁听匆忙收拾好东西出门。

车里开着暖气，司瑄只穿着一件浅灰色的毛衣，袖子挽在小臂上，双手随意搭在方向盘上，说不出的慵懒性感。

宁听只看了一眼就烧红了脸，她把这一切都归结于暖气太热。

车子在齐家院子门口停下，宁听跟在司瑄身后轻车熟路地往里走。

齐家为了齐嘉越学画画特地收拾出来一间画室，就在一楼，落地窗正对着后院的草坪。

宁听一开始是知道齐嘉越家境殷实的，虽然没有特意打听过，但毕竟在崇礼待了两年，老师之间偶尔闲聊提起，她也是有所耳闻的。

真正让她惊讶的是齐嘉越竟然是著名小提琴演奏大师齐思勉的孙子，这就意味着司瑄是齐思勉的外孙。

想到之前她和司瑄还聊到过齐思勉大师，但他半点没透露过两人的关系，她心里有点不是滋味，但转念一想不说才正常，因为他如果说的话更像是在炫耀，不符合他一向低调行事的风格。

连一向消息灵通的“江大百事通”都没写过任何和司瑄家庭背景相关的推文，说明他和齐思勉大师的关系学校里确实没几个人知道。

宁听觉得司瑄像个盲盒。

一开始认识他是通过“以双料第一的成绩被江大音乐学院录取、江大新晋校草、音乐学院小王子”这些闪闪发光的标签。

后来才知道他还是她喜欢了好久的创作歌手枕风，她以为这就是全部了。

万万没想到他还是著名小提琴演奏大师齐思勉的外孙，也不知道后面还有什么惊喜等着她。

齐嘉越已经在画室等她，兴冲冲地把自己昨天刚画好的画拿给她看。

宁听憋了半天才憋出来一句：“嘉越真有创意。”

不能打击孩子的积极性和自信心。

司瑄在旁边接腔：“画得真好，是我见过的最酷的猪。”

齐嘉越大叫：“是老虎！”

宁听捂脸。

司瑄沉默了一瞬，认真地问他：“你画成这样对得起老虎吗？”

齐嘉越据理力争：“你看不到这里有个‘王’吗？只有老虎头上才会有‘王’字！”

司瑄耸耸肩：“也有可能是这头猪姓王。”

眼看兄弟俩要在画室打起来，宁听赶紧把司瑄推了出去。

画画时间从两点到五点，一共三个小时。

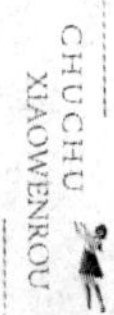

宁听看着齐嘉越画完最后一笔，摸了摸他的头称赞道：“嘉越真棒！”

齐嘉越骄傲地仰着小脸举着画迫不及待地往外跑：“我要拿给妈妈看！”

宁听活动了一下肩背，抬头看到司瑨在门口等她。

“喝杯茶休息一会儿吧。”

“好。”她收拾好东西跟在司瑨身后往客厅走。

齐嘉越看到她大声道：“这就是宁老师！”

这还是第一次见到除齐嘉越奶奶之外的其他长辈，宁听双手食指不自觉地绞在一起，有些局促，除了上次在榕城剧院见过一面的齐墨淳，剩下两个人她都很面生，看样子应该是齐嘉越的父母。

齐嘉越妈妈含着笑先和她打招呼：“老听嘉越念叨宁老师，这孩子调皮得很，让你费心了。”

宁听笑了笑：“应该的。”

司瑨带着宁听坐到一旁空着的沙发上，递给她一杯茶，轻声道：“润润嗓子。”

闲聊的话题不自觉转到宁听身上，齐嘉越父母随意地问了几句齐嘉越在学校的表现情况。

宁听毕竟是美术老师，对他的学习情况也不了解，只说他很聪明，老师们都很喜欢他。

齐墨淳注意到她的耳饰，赞了一句：“好别致的耳钉，我都没见过这种款式，是哪家的？”

“谢谢。”宁听不好意思地笑笑，“我自己做的。”

齐墨淳讶异地看着她，赞叹道：“真是心灵手巧。”

宁听又坐了一会儿，司瑨便送她回家了。

回家后，齐墨淳笑着打趣司瑨：“你也会有对女孩子这么殷勤的时候？还故意拿嘉越当借口接近人家，听妈妈一句劝，喜欢就直接一点。”

“怎么直接？”

齐墨淳笑：“这事儿你得请教你爸。”

06

宁学礼和柳清荷出去旅游要到腊月二十七才能回家，这段时间宁听都是一个人在家。

小年夜前一天宁听去教齐嘉越画画，因为是约定的最后一天，结束后齐墨淳特意留她吃晚饭。

等待晚饭的间隙，两人在客厅闲聊。

“听司瑨说你父母最近都不在家，明天就是小年夜，也是一个人过吗？”

“他们出去旅游还要过几天才回来，明天可能会去爷爷家一起过小年夜。”

齐墨淳捕捉到宁听话里的关键信息，问：“可能？”

宁听不好意思地笑笑：“去爷爷家会比较麻烦。”她说得模棱两可，事实上她其实不太想去爷爷家，叔叔伯伯姑姑们聚在一起除了关心小辈们的学习成绩和感情状态似乎就没有别的事可以做了，再加上宁学礼和柳清荷都不在，连帮她说话的人都没有。

宁听光是想想就已经十分头疼，所以不太想去爷爷家。

“怎么说也是小年夜，一个人在家过怎么行，要不，来我们家一起热闹一下？”齐墨淳亲昵地挽着她的手。

“不用了不用了，这也太给大家添麻烦了。”宁听没想到齐墨淳会这么说，有些惊慌，差点从沙发上跳起来。

“怎么会麻烦呢？”齐墨淳拍了拍她的手背，“你如果能来我们都会很开心的。”

齐嘉越也凑过来，撒娇似的摇晃着宁听的胳膊：“宁老师，你就来和我一起玩嘛！”

齐墨淳恨铁不成钢地看了眼旁边一直沉默的司瑄，递给他一个“还愣着干什么说句话啊”的眼神。

司瑄意会，适时开口：“我明天去接你？”

齐嘉越的奶奶也慈祥地笑道：“多个人就多一分热闹，小宁你明天要是不去爷爷家就来和我们一块儿过节吧，让司瑄去接你。”

有个成语叫“盛情难却”，宁听算是深切体会到了，再拒绝反而不好，她便笑着应下了。

她现在也有点分不清到底是去爷爷家过小年更煎熬，还是在这里过小年更尴尬。

小年当天，宁听挑了半小时衣服才决定好要穿什么，等她收拾好可以出门的时候，司瑄也刚好到她家楼下。

这次去不再是以齐嘉越老师的身份，又是过节，宁听思考再三还是给每个人都准备了礼物。

因为时间比较仓促也来不及去商场购买，宁听就打开宁学礼的收藏柜看着挑了几件。

给齐嘉越的是一套画具，她早就买好了，但一直没有合适的机会送出去。

她拎着大包小包出现的时候，司瑨还很惊讶，但很快就反应过来了，下车接过她手里的礼品袋放在后座，又替她打开副驾驶的门。

司瑨看她系好安全带，往后座看了一眼，问："给大家准备的礼物？"

宁听点头。

她在心里哀号，做人也太难了，不带礼物怕长辈觉得不懂事，带礼物又怕长辈觉得她小题大做，过于隆重。而且挑礼物也是一门学问，她昨天在网上做了好久的攻略，才勉强挑出来几件不会出错的礼物。

司瑨不知道她的心理活动，笑着问："有我的吗？"

"咔！"

宁听似乎听到了空气凝固的声音，她动作僵硬地扭头看着司瑨，一副欲哭无泪的表情："忘了……"

司瑨扬了扬眉毛："这样啊。"

"下次补上！"

"可以自己挑吗？"

宁听想也没想脱口而出道："可以！"

司瑨笑着看了她一眼："那我可要好好想想了。"

虽然已经不是第一次来，但这次毕竟情况特殊，宁听才走进大门就开始紧张了，脑海里一直走马观花地闪过各种念头"今天的妆

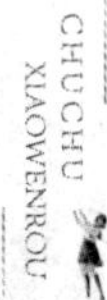

会不会有点浓”“这身衣服是不是有些不合适”“礼物他们会喜欢吗”……

一不留神撞上了司瑨的背，她往后退了两步站稳，就听见司瑨喊：“爸。”

哈？倒也不必如此客气……

“回来了？”低沉有力的男声。

原来不是在喊她哦。

宁听往旁边挪了半步，这才看见司瑨面前站着一位面容严肃的中年男子，眉眼和司瑨有几分相似，只是看起来更加沉稳威严一些。

这还是她第一次见到司瑨的父亲，礼貌地笑了笑：“叔叔好。”

对方笑了笑，看起来温和许多：“快进去吧，外面冷。”

齐墨淳也迎了出来，看见司瑨手上拎着的礼物，笑着皱眉道：“你也太见外了。”

宁听抿唇笑了笑：“这是我的心意。”

她给齐墨淳准备的礼物是她之前做的一款小提琴造型的胸针，昨天选礼物时忽然想到就翻了出来，觉得很适合齐墨淳。但她其实很忐忑，齐墨淳的首饰都是高奢品牌的经典款或定制款，相比起来她的胸针未免有些寒酸。

齐嘉越拆开礼物看到是画具，连游戏都顾不上玩，兴冲冲地就往画室跑。

他妈妈笑着调侃道：“咱们家不会要出一位画家了吧？”

在客厅难免拘束，宁听索性找了个借口跟着齐嘉越进了画室。

再出来时发现齐墨淳胸前别着她送的胸针，正在和司瑨炫耀，看见她出来笑容真挚道：“谢谢小宁送的礼物，我很喜欢。”

宁听忽然很感动，对设计师来说没有什么事比自己的作品得到认可更让人开心的事。

07

榕城习俗，小年夜要吃饺子。

宁听正陪着齐嘉越涂鸦，司瑨敲门进来：“外婆准备包饺子，要一起吗？”

“我也要去！”齐嘉越率先举起小手。

院子里支起来一张大圆桌，一群人围着桌子，调馅的调馅，和面的和面，宁听看着这番景象忽然闻到了空气中飘着的“年味”。

她先领着齐嘉越去洗手，回来时司瑨正在系围裙，看见她过来转身背对着她：“帮我系一下。”

宁听替他绑了个蝴蝶结，轻拍了下他的后背，道：“好了。”

后知后觉地发现这个动作过于亲昵，她低头看着自己的掌心，嘴角挂着笑开始走神。

“这是你的。”司瑨递给她一件围裙。

围裙的袋子钩在了宁听头上的发饰上，她举着手在头上摸索，司瑨不知什么时候绕到了她身后：“我帮你。”

酥麻的感觉从心脏深处向四肢蔓延开来，宁听像是被施了定身法，僵直地站在原地。直到司瑨替她把围裙整理好，轻声道：“好了。”

她恍惚间有种错觉，他们好像是一家人。

宁听去帮忙包饺子，司瑨跟在她身后，也拈了一块饺子皮：“我好像有些忘了怎么包饺子，你能再教教我吗？”

带着些许讨好的请求，宁听抬头猝不及防撞进一双闪烁着笑意的眼睛，像是朝阳初升时的海面，波光粼粼。

这句话勾起了她许多回忆，想起那个飘着鹅毛大雪的冬天，在城南福利院，她也曾教过他包饺子的。

“是这样吗？”司瑄的声音唤回了她的思绪，她应了一声，放慢动作给他示范了一遍。

齐墨淳看到这一幕心下了然地扬眉笑了笑，她记得司瑄明明是会包饺子的，去年包出来的饺子比她包的还整齐。

又在找借口偷偷套路人家姑娘。

晚饭自然是饺子，蒸的煮的炸的应有尽有，齐墨淳笑着说和往年一样，她偷偷在饺子里包了一块硬币，吃到的人接下来一年都会很有福气。

硬币在齐嘉越的碗里，还顺便硌掉了他一颗将落未落的乳牙。

齐嘉越撇嘴不知道该哭还是笑，豁着牙说“我牙掉了”笑倒了一桌子人。

很快，宁听也咬到了硬的东西，她从馅里挑出来一枚精致小巧镂空雕刻着“福”字的小金牌，迟疑地望向司瑄。

这个饺子是刚刚司瑄夹给她的。

“呀——是谁这么大手笔？”说话的是齐墨淳，她笑着祝福宁听，“小宁接下来一年肯定会顺顺利利，万事顺意！”

司瑄借着给宁听夹饺子的机会凑到她面前低声道：“新年礼物。”

愿你新的一年常喜乐，多安宁。

如果这只是一枚硬币，她肯定会高兴地收下，但这是一枚小金牌，她不知道该不该收。

“快把你的福气收好。”司瑄看出宁听的犹豫，出声提醒。

“哎？家里是不是有红绳，给她编个手链戴上吧，这么个小物件，当心丢了。”齐嘉越的奶奶起身去找红绳。

十分钟后，宁听腕间多了根红绳手链，坠着司瑄送她的那块小福牌。

吃完饺子又坐着聊了会儿天，眼看天色暗了下来司瑄才送宁听回家。

宁听看着腕间晃动着的小福牌，心里的悸动越发明显。她通过车窗的反光偷偷打量认真开车的司瑄，思索着要给他准备一份什么样的礼物。

前面突然照过来一束刺眼的远光灯，宁听条件反射般闭上了眼睛，司瑄伸手挡了一下，模糊间看到一辆重型皮卡向他们驶来，情急之下司瑄向左打方向盘撞上了路边的护栏。

刺耳的刹车声和猛烈的撞击声过后，车厢静了下来，只有两人纠缠在一起的呼吸声。

在车撞上护栏前一秒司瑄解开安全带扑向宁听，将她护在自己怀里。

如果说人在紧急情况会本能地自我保护，那他的本能是保护宁听。

宁听从惊吓中回过神来，眼前是司瑄写满紧张担心的脸，听到他忍着疼问她：“有没有哪里受伤？”

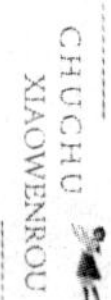

她摇摇头，随即紧紧地抱住了他，感受到他扑在她颈肩的鼻息，闷声道：“我没事。”

路过的司机帮忙报警叫了救护车，然后去查看两人的情况，司瑄和宁听在大家的帮忙下从车里钻了出来。

司瑄腰侧被撞了一下，刚从车里出来的时候尖锐的痛感刺激着他的神经，额头起了薄汗。

宁听这才发现他受了伤，想到他刚刚将自己护在怀里的样子，心里软塌塌的，泪水在眼眶里打转。

她走过去扶着司瑄，支撑着他勉强站立。

司瑄的胳膊环在她肩上，腰背处传来的痛感让他连说话都艰难。

他强忍着痛问：“你知道刚刚那一瞬间我在想什么吗？”

宁听偏头看司瑄，透过朦胧的视线看到他近在咫尺的深邃眼神，还有伴随着温热呼吸传进她耳朵里的话。

“如果就这么死了，那我唯一遗憾的事就是没能告诉你‘我喜欢你’。”

他轻笑一声，故作轻松道：“好了，我现在死而无憾了。”

宁听压抑了许久的情绪因他这句话爆发，泪水决堤而出，耳畔传来救护车由远及近的声音。

她紧紧揪着司瑄的衣角，哭得说不出一句话。

简单的检查过后，司瑄被送往急诊病房，宁听在一旁陪着他。

刚刚大哭过一场，宁听的眼睛又红又肿。

司瑄穿着病号服在输液，想到自己刚刚说的“死而无憾”那些话，有些难为情。但话都说出口了，不管是趁火打劫还是苦肉计，他今天一定要——

让她对自己负责！

“你还记不记得你欠我一个心愿？”

宁听愣了一下，很快就想起来自己是欠司瑄一个心愿——那个榴梿奶糖味的饺子。

“我的心愿是，你做我女朋友。”最后半句话因为难为情他说得极快，但宁听还是听清了。

她低头看见腕间的红绳手链，忽然倾身在他嘴角印下轻轻一个吻。

“那么，这是答案。”

第十一章 你就是我的月亮

01

夜已深，时不时有晚风吹进半开着的窗户，撩动窗帘的一角。

电脑屏幕上显示着一封邮件，发件人是星锐设计部，宁听盯着这封邮件足足看了有一刻钟。

她没有定期清理邮箱的习惯，今天是因为要通过邮件给客户发设计样稿才登录邮箱，却看到邮箱里躺着一封从星锐设计部发过来的邮件。

时间是一个月前。

积年累月的愤怒与反感从心底深处慢慢发酵，她竭力克制才忍住没有直接删掉这封邮件。

她嘴角勾着一抹嘲讽的笑点开邮件，倒是很想知道星锐设计部为什么会突然给她发邮件。

这是一封委婉表达合作意愿的邮件。

我们对您设计的作品很感兴趣，不知道您是否有意愿来星锐设计部就职。

看到这里，宁听脸上的嘲讽又深了几分。

这个邮箱是她以“聆听”工作室的身份申请的，星锐设计部的人大概是通过“聆听”的网上店铺找到邮箱，从而联系上她的。

也就是说他们可能根本不知道“聆听”的负责人是宁听，又或者他们早就忘了三年前“新星计划”的参赛者之一宁听。

宁听没有回复邮件的打算，看完后直接退出了邮箱。

手机振了两下，宁听点开，是司瑄发来的消息：今晚的月亮很圆，快开窗看一眼。

宁听半信半疑地走到窗边，探头看了一眼，连个月亮的影子都没有，哪来的月亮很圆！

她正准备打字，聊天界面又跳出来一条新消息：往下看。

司瑄正站在街边的路灯下，微仰着头，视线落在宁听在的这扇窗。

宁听心里刚冒头的那些火气瞬间消失不见，取而代之的是无尽的甜蜜与惊喜。

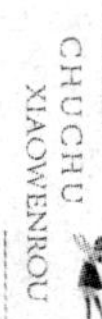

手机又振了两下：没有月亮，那你想看看我吗？

想！当然想！

她随手套了件外套迫不及待地下楼，宁学礼和柳清荷在客厅看电视，见她下楼直奔大门，扬声问："干什么去？"

"散步！"

宁听一路小跑到司瑄面前，气还没喘匀便开口问："你怎么来了？"

司瑄眼里带着温和的笑意，垂眸看着她："来看月亮。"

"可是今天……"

宁听话说到一半便落入一个温暖的怀抱，司瑄的下巴搁在她的头顶，声音清浅："你就是我的月亮。"

他说话时轻微震动的酥麻感顺着她的头顶一路向下，宁听轻轻回抱着他，鼻息间是他身上清新的雪松香味，让人心里觉得很安稳。

这还是两人确定关系后第一次见面。

那天在医院，齐墨淳赶来后便先让司机送宁听回家。宁听原本想着第二天去医院看他，但司瑄的伤并不重，第二天便出了院，回家休养。

正好宁学礼和柳清荷提前回来了，宁听也抽不开身，等到她有空的时候，司瑄已经和父母一道回了宣城的无暇园团年，直到今天才回榕城。

司瑄回榕城做的的第一件事便是来看她。

宁听本来以为她还需要一段时间才能适应"司瑄女朋友"这个身份，没想到她适应得很快，今天见到他一点儿也没有别扭或者不好意思的感觉，很自然地就有了身体接触。

“伤口还疼吗？”她的手轻轻放在他的腰间。

“早就不疼了。”

司瑨松开她，转而去牵她的手，询问道：“陪我走走？”

两人手牵手漫无目的地闲逛，互相说着春节期间的趣事，路前方缓缓驶过来一辆黑色的小车，停在宁听身旁。

车窗降下来，周述的视线淡淡在两人交握的手上扫过，最终落在宁听脸上，问：“去哪儿？我送你们。”

宁听半点没有被熟人撞破的尴尬，仍然和司瑨牵着手，坦然道：“不用，我们就是随便走走。”

周述淡淡地“嗯”了一声，升起车窗前叮嘱道：“别太晚了，早点回家。”

宁听当这是哥哥对妹妹的关心，笑着应了一声。

可周述的话却让司瑨不太开心，他握着宁听的手又紧了一些，脸上的笑意敛去，不再说话。

宁听主动向他介绍：“周述，邻居家的哥哥，上次在医院你见过的。”

司瑨闷闷地“嗯”了一声。

他自认不是那种会乱吃醋的人，但两次和周述的见面都让他觉得不舒服，总觉得对方隐晦地在他面前展示自己和宁听的关系有多亲近。

而且还是“邻居家的哥哥”，青梅竹马，不得不防。

宁听也察觉到了司瑨的不开心，自顾自道：“我妈之前还老想着撮合我俩呢，直到周述去年领回家一个女孩她才死心……”

手上的力道又重了些，带着些制止的意味，司瑨闷声道：“我不关心别人的事。”

宁听停下脚步，微微侧身看着他：“我这么坦诚就是想告诉你我和周述真的没什么呀。”

吃醋被人看穿司瑨有些脸热，不好意思对上她的视线。

“还不开心吗？”宁听忽然踮脚亲了他的脸颊一下，“那这样会开心一点吗？”

司瑨垂在身侧的手倏地收紧，又缓缓松开，一手揽着她的腰，一手轻抬着她的下巴，俯首吻了下去，唇齿厮磨。

末了，他贴着她的耳朵低声道：“要这样才行。”

02

春节前，宁听和丁砀见了一面，听他简单说了SHIMMER要在中国成立分公司的事，但宁听没有太放在心上。

还只是计划成立分公司，而且也不一定就会在榕城，如果在其他城市她大概率是不会考虑的。

但这两天宁听收到丁砀的消息，说SHIMMER理事会已经通过在国内成立分公司的提案，并且就选在榕城。

丁砀让宁听仔细考虑一下他的建议，和以往漫不经心的顺口一提不同，他的语气是难得的认真。

但宁听还在犹豫，她又重新点开了星锐设计部发来的邮件。冷静下来后，她心里一开始强烈的抵触情绪消失，仔细又看了一遍这封邮件。

她给对方回了邮件，表示正在考虑他的建议。

这对她来说是一个机会——一个彻底解开心结的机会。

但她还没想好怎么跟宁学礼和柳清荷说这件事，她准备辞掉崇礼的工作，重新回到星锐去。

柳清荷的反应比她想的还要激烈，听她说完后立刻沉下脸："我不同意。"

"妈——"

宁听想解释，被柳清荷强硬地打断："辞掉崇礼的工作可以，回星锐绝对不行。你忘了你当初是因为什么才回来的吗？你忘了那段日子我和你爸是怎样提心吊胆吗？你还想再经历一遍同样的事情吗？"

宁听说不出话来，她当然没忘。

有些伤口要愈合不是靠遗忘，要先忍着疼剔去腐肉才行，她也是最近才想明白这件事。

宁学礼从中调和，动容道："你知道的，我和妈妈从没干涉过你任何决定，因为我们都知道你是个有主见的孩子，你能为自己的人生负责。作为父母，我们从没要求过你什么，只希望你平安健康，事事无忧。爸妈也不是因为舍不得你离家太远才不让你去星锐的，我们只是不希望你再受伤害。"

宁听低着头，不去看宁学礼和柳清荷的脸，有泪水从眼眶滴落在桌上，溅起微弱的水花。

"爸爸你知道我为什么要回星锐吗？因为'Lumen'是我的作品，

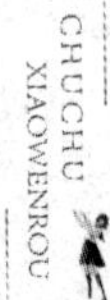

我要拿回它。可能会很艰难，也不一定能成功，但我想试一试。我不想‘Lumen’成为我这一生的遗憾。”

除了身边最亲近的人，几乎没有人知道当初宁听为什么毕业典礼都没参加就回了榕城，甚至连行李都是请江沅她们邮寄回来的。

时间倒回三年前，她去参加星锐的“新星计划”，最终的评审结果出来前，“新星计划”的主要负责人找到她，开门见山地问：“‘Lumen’是你的作品？”

当时欣喜雀跃的感受还历历在目，她能感觉到对方对“Lumen”的认可，心里想着即便不是冠军，她应该也能顺利拿到offer。可对方接下来说的话却像兜头浇了她一盆冷水：“我们决定买下‘Lumen’的版权，这是合同，你看一下，没问题就签了吧。”

宁听蒙了一下，问：“什么意思？”

“意思是，这个作品以后和你没有任何关系。”

“可是，这是我的参赛作品，即便最终没有被选上它也应该是我的作品，我不明白你是什么意思。”原本还欢欣雀跃的一颗心渐渐沉到谷底，“Lumen”对她来说意义重大，是她有史以来定稿最艰难，也是她倾注了最多心血的作品。

对方轻笑，笑声里带着若有似无的讥讽，：“实话告诉你吧，‘新星计划’的冠军不会是你，你也拿不到星锐的offer。”

宁听直视着她的眼睛：“我以为我参加的是一个公平公正的比赛。”

“从利益角度衡量，这确实是一个公平公正的比赛，我们选的是能给星锐带来更大利益的人，而你不能。”

“这样啊，”宁听尽量表现出一副无所谓的样子，让自己看起来没那么狼狈，“那所有没有入选的参赛作品你们都要买下版权吗？”

对方像是听到了什么好笑的话，讶异地看了宁听一眼：“只有‘Lumen’，这个作品有点儿意思。”

她高傲的态度仿佛买下“Lumen”的版权对宁听来说是多大的恩赐。

“抱歉，‘Lumen’是我的作品，这份合同我不会签。”宁听说着，转身准备离开。

对方喊住她：“考虑一下吧。签了这份合同，或者是以‘涉嫌抄袭’的名义被取消参赛资格。虽然结果都是离开星锐，但对你来说可是天差地别。”

宁听难以置信地回头：“我没有抄袭！你有证据吗？”

对方耸耸肩：“我不需要证据，我只要放出风声，你的设计生涯就毁了。污点一旦沾上可是很难洗掉的哦，想试试吗？”

她毫不掩饰的威胁让宁听气得止不住地颤抖，觉得自己仿佛置身一个巨大的沼泽，越是挣扎越是被脏污秽乱的泥泞拖着往下坠。

“你觉得是我说的话有人信，还是你说的话有人信？有些事不需要证据，看谁说话声音大。你明白我的意思吗，这是游戏规则。”

签了那份合同是宁听这三年来所做的最后悔的事。

所以现在她想回到星锐，等成长到声音足够大的时候告诉所有人，“Lumen”是她的作品，它的作者不是Charles.Lee。

03

犹豫了两天，宁听还是决定告诉叶梨她正在考虑重新回星锐工作。

叶梨脸上是毫不掩饰的惊讶，问她：“你在说什么疯话呢？”

宁听和叶梨讲了她收到星锐设计部邮件的事，也解释了她想重新回星锐工作的原因。

叶梨听完拍桌道：“去啊！我支持你！在哪里跌倒就要在哪里站起来！去拿回属于你的东西！”

没想到叶梨会完全支持她的决定，宁听心里的忐忑被感动代替，垂眸看着面前的餐盘，低声问：“如果拿不回来呢？”

“那就回榕城，鲜花和怀抱我都时刻为你准备着。”叶梨拍了拍自己的胸口。

这么多年的朋友对她说谢谢似乎有些见外，但宁听还是十分真挚地向叶梨道了谢。在她摇摆不定思考自己重新回星锐的决定是否正确时，对方的支持给了她极大的力量。

“不管结果怎么样，至少你努力过了，以后想起来不会后悔。”叶梨顿了顿，问，“叔叔和阿姨怎么说？”

想到爸妈的反应，宁听叹了口气，道：“他们不希望我再去星锐。”

“情理之中，”叶梨劝她，“好好和他们聊聊，他们也是担心你。”

宁听点头，想到柳女士最近连话都不愿意和她讲，心里有些发愁。

再过两天就是元宵节了，而她在邮件里回复的是元宵节之前会做出决定。

叶梨和她吃完饭便匆匆赶回去上班了，宁听一个人在商场闲逛，打算给柳清荷挑一件礼物，哄哄柳清荷开心。

逛了一圈最后给柳清荷挑了一件春装，准备结账时接到司瑄的电话，问她有没有时间。

宁听给营业员比了个手势，往外走了几步，笑道："时间倒是可以有，但你得先告诉我要做什么。"

"看电影、吃饭、唱歌做什么都可以，只要是和你在一起。"

司瑄站在院子里给宁听打电话，齐嘉越蹑手蹑脚地凑到他身后，偷听他讲话后大声道："他在给宁老师打电话！"

电话另一头的宁听也听到了，轻笑一声，问："是嘉越吗？"

司瑄"嗯"了一声，单手抱起齐嘉越把他放到秋千上，然后顺手推了把秋千又兀自走远："现在安静了。"

秋千上的齐嘉越扯着嗓子大声道："看电影、吃饭、唱歌做什么都可以，只要是和你在一起！"

惹得不远处晒太阳的齐墨淳和齐家老太太笑弯了腰。

两人在谈恋爱的事从司瑄年后回榕城的那天全家人都知道了，司珽越知道后没说什么，倒是齐墨淳调侃了他几句，然后叮嘱他对人家姑娘好点儿。

齐家老太太自然更不用说，宁听很合她的眼缘，第一次见她就觉得这个小姑娘白白净净的，有礼貌又聪慧，十分讨人喜欢。

司瑄脸上飘着一层可疑的绯红，折回秋千旁掐着齐嘉越的肉脸威胁道："再捣乱揍你。"

齐嘉越才不怕他，冲着电话喊："宁老师，你什么时候来看我呀？

我想你了！”

司瑨把他的头发揉乱，回房间关上门，世界这才终于安静下来。

宁听笑：“那看电影吧，可以带上嘉越。”

“他下午要写作业。”

齐嘉越：我怎么不知道这件事?

“你在哪儿，我去接你。”

宁听报了商场的名字，挂电话后折回去买了单。

但两人最终也没看成电影，因为司瑨半路接到靳远洲的电话说他在榕城机场，让司瑨去接他。

司瑨让靳远洲自己打车。

电话那头的靳远洲一秒入戏，娇嗔道：“人家大老远从宣城飞来看你哎！你冷漠你无情你无理取闹。”

司瑨直接挂了电话。

过了会儿靳远洲又打过来，开始走苦情路线：“人家在榕城人生地不熟的，万一遇到坏人怎么办？”

司瑨轻哂：“坏人遇到你算他们倒霉。”

靳远洲：“……”

“所以爱会消失的对吗？”

司瑨：“对。”

导航提示左转，电话那头的靳远洲听到声音，问：“你在车上?你要去哪儿？”

“约会。”

“带上我一起啊！我想见见宁听！我特意来榕城就是为了见

她！你们去哪儿约会？给个地址我自己打车过去！”

想得倒是挺美，司瑄直接掐断了电话。

宁听在旁边听了个大概，问：“你朋友吗？”

“嗯，靳远洲。”

“他来榕城了？”

“刚到。”

把靳远洲一个人扔在机场司瑄还是有些不忍，问过宁听后还是决定去机场接他。

靳远洲上车后先笑着和宁听打了招呼，然后感慨道：“说起来，我还算是你俩的爱神丘比特呢。”

宁听疑惑地看向司瑄。

司瑄通过镜子瞥了靳远洲一眼：“哦？”

“你俩不是因为领错快递才认识的吗？那快递是我给你寄的，你忘了？”

不提司瑄还真忘了。

想到那些杂志，司瑄轻哼了一声，他都不敢想自己给宁听的第一印象是什么样。

宁听愣了一下，脑袋里闪过那些花花绿绿的封面，莫名红了脸。

靳远洲知道司瑄在别扭什么，他决定替司瑄解释一下。

“那是我特意为瑄瑄挑选的生日礼物，结果他根本不领情，把礼物给我退回来不说还糟蹋了我一个高价买回来的满装备的游戏号。”

司瑄听得十分满意，深觉自己来接靳远洲的决定是对的。

“你看，我是清白的。”他偏头看了眼宁听，言辞间带着点撒娇的意味。

宁听避开司瑨的视线，窘迫地看向窗外。

04

长谈过后，柳清荷终于松口同意宁听去星锐。

“不要给自己太大压力，我和爸爸永远是你的退路。”柳清荷在家里一向扮演的是红脸角色，刀子嘴豆腐心，记忆里她很少说这样温情的话，所以格外让人动容。

宁听伏在她肩头哽咽道：“谢谢妈妈。”

元宵过后，宁听去了趟崇礼，递交辞呈。

她在崇礼待了不到两年的时间，说不上有多热爱这份工作，但和学生们相处确实治愈了她许多。

还没开学，她没办法当面和学生们道别，于是给负责的每个班都写了一封信，交给了各班的班主任。

打点好所有事情后，她订了去江城的机票。

司瑨知道宁听要去江城后买了和她同一班的机票，坦然道：“我本来就是为了你才待在榕城的。”

飞机落地江城机场，暌违三年，宁听莫名生出一种类似近乡情怯的感觉。

宁听的一颗心像是被拴在气球上，飘飘忽忽落不到实处，掌心处传来的温热触感让她稍稍安定了些。

她只随身带着一个小号行李箱，准备先到星锐附近找一家酒店住下来，等去星锐面谈过后再找住处。

司瑄拦了辆出租车，报了一个地址。

“住酒店不方便，这是我住的地方，你可以先在这里过渡两天，等稳定下来了我再陪你去找房子。”

他说得坦荡自然，宁听总觉得她要是推辞反而更像心思不纯，低低地“嗯”了一声。

到了宁听才发现是个一室一厅的房子，家具简单，东西摆放得整齐有序，虽然是小户型但并不显得拥挤。

那么问题来了。

一室一厅一张床，她睡哪儿?

宁听站在门口，心里的纠结都写在脸上。

这可不能怪她多想吧?

司瑄替她把行李箱推到客厅，见她没跟过来，回头道：“不用换鞋。”

不是在纠结这个好吗!

宁听犹犹豫豫地往里走了两步，好几次欲言又止最终讷讷地感叹了一句：“呀，只有一间房耶。”

房子有段时间没人住了，司瑄在开窗通风，闻言停下手中的动作，忽然明白了她刚刚在扭捏什么，好整以暇地看着她，一脸“所以呢”的表情，在等待她的下文。

宁听脑海里一直有个声音在不停重复“太快了太快了”，于是她一紧张脱口而出：“太快了。”说完自己也愣住了，怎么有点儿欲拒还迎的意思。

司瑄做沉思状："太快了吗，可能司机超速了吧。"

宁听窘得满脸通红，听出来他是在故意逗她，又羞又恼。

"房间给你，我睡客厅。"司瑄开好窗走到她跟前，揉了揉她的脑袋弓身凑到她耳边，故意压低声音道，"如果你觉得不放心，我可以出去住酒店。"

温热的气息和暗含深意的话让宁听从脸一直红到脖子根。

春天已经到了吗，怎么这么热?

"这怎么好意思，要不然我睡客厅吧？"

司瑄直起身，垂眸看她："没有这个选项。"

简单收拾了一下，两人准备出门吃饭。

小区就在江大旁边，宁听看着不远处的江大校门有些感慨。

"去看看？"

宁听点点头。

走在江大校园里，宁听恍惚间觉得自己又回到了大学那时候，忽然有点想江沅她们。

她拍了张江大的照片发在她们的微信群里：看我在哪里!

沉寂了许久的宿舍群忽然热闹了起来，大家你一句我一句地分享近况，边走路边回信息不方便，司瑄干脆拉着宁听在食堂找了个地方坐下。

杨心珧毕业后留在了江城的律所工作，林意意和江沅都回了家乡。

见宁听发来在江大拍的照片三个人都有些惊讶，宁听当年在星锐的遭遇她们是知道的，但她没主动说为什么回江城，她们也没问，四个人约了过段时间一起在江城聚一下。

江沅忽然捕捉到重点，问她：你一个人吗?

宁听如实告诉她们，她和司珸在一起。

又是一颗惊雷，因为还有别的事要忙，三人纷纷表示等见面了再好好“拷问”她。

两人随便在食堂吃了顿饭，出来时正好碰上下课，时不时有路过的学妹向两人投来打量的目光。

宁听笑：“她们或许在猜我们是什么关系。”

司珸牵住她的手：“这样就不用猜了。”

这是他很早之前就想做的事，和宁听牵着手漫无目的地在校园里散步。

有风迎面吹来，和她脸上藏不住的笑意一起奏响春日序曲。

05

面谈很顺利，通过邮件联系宁听的人叫司玥，听司玥自我介绍的时候，宁听还有片刻失神，在心里感慨好巧，她也姓司。

约定了下周一入职，司玥送宁听到门口，真诚道：“我真的很喜欢你的设计，每个作品都藏着故事。除了是设计师，你还是一个讲故事的人。”

宁听愣了愣，不知道该怎么回应这突然坦诚到不加掩饰的夸赞，只客气地笑着道了谢。

司玥进去后，宁听仰头看了眼面前的星锐大厦，来之前的惴惴

不安与犹疑在这一刻都化作了动力，心脏因为激动而微微战栗着。

接下来是找房子，她和司瑄在星锐附近的商场会合，吃过午饭后在中介的带领下看房。

最后定了一间一居室，距离星锐大厦一站地铁的路程。

宁听花两天时间布置好房子，然后从司瑄家里搬了出来，正式入职前一晚，她毫不意外地失眠了，脑海里走马观花似的闪过一帧帧当时在星锐实习的回忆。

希望明天会有个好的开始。

宁听实习时是在 14 楼，这次入职是在 18 楼，负责潮流轻奢板块的设计二部。

18 楼和 14 楼给人的感觉截然不同，宁听真切感受到了学姐口中的“鄙视链”，入职第一天还有人出于好奇来和她搭讪，没过两天，在得知她的所谓“资历”后宁听就成了透明人。

不过她也乐在其中，并没有被边缘化的无助和不堪。

但星锐的工作强度确实比她之前在学校要大很多，几乎天天加班，宁听下班后还要忙网店的事，一天恨不得活出 48 小时来。

司瑄最近也在忙毕业论文，两人忙得连一块吃顿饭的时间都没有，但每晚睡前会固定通一次话，聊聊这一天开心或不开心的事。

一周后，宁听下班后发现一直空着的对门搬来了新邻居，门口堆着搬家用的纸箱还没有清理掉。

而她的门口摆着一束鲜花，卡片上写着：你好，我是新搬来的邻居，以后请多指教。

宁听觉得这个新邻居热情得让人……很不安。

她给司瑄发消息说了这件事，问要不要也给新邻居送点什么当回礼，最后拎着一袋水果去敲了新邻居的门。

“怎么是你？”

门打开，露出司瑄带着狡黠笑意的一张脸，宁听瞠目结舌：“你要搬过来怎么都没提前告诉我一声？”

“想给你一个惊喜，”他往边上让了半步，邀请道，“进来坐坐？”

虽然是对门，但司瑄住的这间房比她的房间面积大许多，正经的三室两厅，超大阳台。宁听咋舌：“你一个人住吗？”

“嗯。”

想数落他太浪费，但转念一想，以他家的经济条件，他没有直接租顶楼的大平层已经很节俭了。

“怎么突然就搬过来了？”

司瑄瞥她一眼，脸上带着点促狭的笑意：“方便谈恋爱。”

宁听脸一热，别开视线去看他屋里的摆设。

“吃晚饭了吗？”

“没。”

“走吧，带你去吃晚饭。”

宁听以为是去外面吃，没想到司瑄推着她到了饭桌前，客厅和饭厅之间有隔断，宁听刚刚没能看到这边的景象。

桌上蜡烛摇曳，摆着精致的西餐，还有一瓶醒好的红酒。

“你做的？”问完，她自己也觉得不可能。

果不其然，司瑄轻咳一声，诚实道：“外卖。”

现在外卖行业已经发达到能把西餐厅的烛光晚餐直接搬到家

里了?

司瑄替宁听拉开椅子，示意她入座，角落里的音响放着舒缓的音乐。

宁听喝酒上头，司瑄只给她倒了一小口，她都喝完了，此刻红着一张脸端坐在沙发上等司瑄给她洗水果。

“醉了？”司瑄沾着水的食指从她脸颊上轻轻滑过。

“没有，我很清醒。”她背绷得很直，仿佛连神经都紧绷着。

司瑄在她身旁坐下，沙发陷下去一块，宁听的神经绷得更紧了一些。

烛光晚餐，酒精，热恋中的男女，这些元素加在一起，总让人觉得会发生些什么少儿不宜的事情。

宁听就是这样想的，然而直到她吃完一整个切成小块的火龙果司瑄也没对她做什么。

啧，怪让人失望的。

司瑄送她到门口，叮嘱她好好休息。互道晚安后，宁听准备关上门，司瑄却忽然伸脚抵住了门。

他一手扶着门框，一手轻轻托着她的后脑勺，垂眸看着她:“晚安吻。”

在他的脸凑过来之前，宁听抬手关了灯，屋子里又暗了下来，走廊的声控灯送进来一小束微弱的光，她听见司瑄的轻笑声，溢在她的唇齿之间。

缱绻缠绵的一个深吻，将她的脑子搅成一团糨糊，宁听迷迷糊糊地想，自己现在似乎有些醉了。

06

最近整个设计二部都在忙今年秋季新款的事，宁听已经连续加了好几天班，虽然男朋友就住在对门，但仔细想想，她和司瑄这周待在一起的时间加起来不到一个小时。

今天还临时被安排去做市场调研，她被分到经开区，离市中心两小时车程，在经开区商场的门店做了一天导购，结束时已经是晚上十点。

“只有先了解顾客偏好，才能设计出顾客喜欢的产品。”这就是他们今天做市场调研的原因。

宁听今天每接待一位客人都会在手机备忘录上简单记上几句，包括顾客的特征、消费偏好、犹豫的点这些，此刻已经满满当当记了好几千字。

手机提示低电量即将关机，好几个司瑄的未接来电，她准备给他回一个电话过去的时候手机已经关了机。经开区不像市中心那样繁华，十点半之后街上的店铺几乎都关了门，她找不到充电的地方。

她现在只想快点回家，像是故意和她作对似的，在路边等了快半小时也没拦到一辆空车，等她终于坐上车时已经是晚上十一点。

她原本想让司机师傅帮忙充下电，但转念一想，深夜出租车，司机还是一个魁梧有力的中年男子，宁听忽然有点后悔自己就这样毫无防备地上了车。

总得做点什么让司机师傅知道她是不好惹的，于是她举着手机——开始假装打电话。

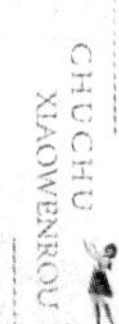

两个小时的车程，她自言自语了一路，说得口干舌燥。

终于，车停在小区门口，司机师傅按了下计费器：“姑娘，178块钱。”

宁听从包里翻出现金递给他，下车前师傅喊住她，揶揄道：“安全意识挺强啊，讲了一路电话累不累啊？”

“您看出来了？”宁听有些窘。

“早看出来了，怕你害怕一直没戳穿。”

丢人。

宁听关上车门一溜烟地跑进小区。

已经是凌晨一点，电梯“叮”的一声，楼道里的灯应声亮起。

宁听看见司瑨抱膝坐在她家门口，倚着墙神色飘忽不知在想什么，此刻循声看向她，黯淡的眼里瞬间闪着光，起身飞奔过去将她拥在怀里。

撞得宁听后退两步才勉强站稳，他抱得极用力，身体在微微发抖，宁听被他这副样子吓到了，安抚地轻拍着他的背：“怎么了？”

司瑨没有回答，只是将她抱得更紧了些。

楼道里的声控灯暗了下来，两人就这样相拥良久。虽然入了春，但夜里的温度还是低，宁听不知道司瑨在门口等了多久，他抱她时怀抱里带着浸润已久的凉意。

他垂眸看她，眼里的难过和无措那样真实：“我找不到你。”

“手机没电了，对不起，我应该……”她歉疚地看着司瑨，被他的情绪感染，道歉都变得小心翼翼。

“十点钟了你还没回家，我去星锐找你他们说你不在。”

司瑄自顾自地、一句一句地往下说。

“手机联系不上你，我就在这里等你，一直在等你。

“我以为你走了，像之前那样。”

从我的世界完全消失。

最后半句他没有说出口，连睫毛都在轻颤。

“像之前那样”，这句话像一阵风吹开她眼前的云雾，她突然就明白了司瑄为什么有这么大的反应。

她有前科的。

“不会，我保证不会再有下次了。”宁听一手牵着他，一手开了门。

两人面对面坐下，借着灯宁听看到司瑄泛红的眼眶，心揪了一下。

他一直没问，她也找不到合适的机会主动提起，现在才知道原来这件事一直是埋在他心底的一根刺。

所以他搬到她对面，所以不过短短几个小时联系不到她，他整个人就慌了神。

宁听没见过这样的司瑄，抛掉所有镇定从容，将内心深处的脆弱坦露在她面前。

在这段感情里，他才是欠缺安全感的那一方。

不知道从什么地方开始讲述，她就想到哪儿说到哪儿，最后，司瑄从她断断续续的叙述里得知了她三年前不告而别的缘由。

像是兜头扑过来一个巨浪，将他包裹在酸涩的海水中，一颗心浮浮沉沉。

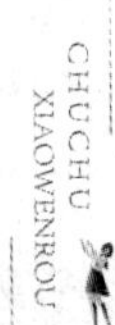

两人相对无言，司瑄先开口："对不起。"

他眼里复杂难明的情绪让宁听愣了愣，笑道："能说出来就说明这件事已经不是我不能触碰的伤口了，不用道歉。"

司瑄忽然将她拥入怀中，又重复了一遍"对不起"。

07

宁听一大早收到星锐的消息，让她去一趟 23 楼的总裁办。

她的第一反应是信息发错人了？第二反应是难道她前两天提交的设计稿被选为秋季主打款？第三反应是不会要潜规则我吧？

怀着忐忑的心情宁听去找了司玥，对方别有深意地看了她一眼，笑道："去吧，是好事。"

"好事？天上砸馅饼的那种吗？"

"不是。是守得云开见月明的那种。"司玥冲宁听笑得意味不明，宁听更加云里雾里。

去 23 楼的路上，她一直在纠结到底是设计稿被选为秋季主打款的可能性更高，还是被潜规则的可能性更高。

结果都不是，等她见到坐在办公室后的人时，脸上的表情只能用"呆若木鸡"来形容。

我男朋友的爸爸是星锐的大老板等于我男朋友是星锐的太子爷，等于我在不知情的时候抱上了粗壮的大腿？

宁听偷偷掐了一把自己，不是做梦。

司珽越示意宁听坐下，斟酌着开口，问："'Lumen'是你设计的作品？"

听他这么问，宁听心里已经明白了过来，他应该是通过司瑄知道这件事的，一时不知该作什么反应。

见她不说话，司斑越又补充道："集团已经就这件事成立调查组，稍后会有人联系你提交相关证明材料，相关证明你都有保存好吗？"

宁听点点头："有的。"

"等调查组得出最后结论之后，星锐会发布官方通告。"司斑越看着宁听，久经商场的人即便是笑着也会让人觉得十分威严，"如果'Lumen'真的是你的作品，星锐会通过官方渠道澄清这一作品的真正设计师，并公开向你道歉。如果不是，你也要承担相应的后果，能接受吗？"

听他这么说，宁听反而松了一口气，她坚定地迎上司斑越略带威压的眼神："'Lumen'就是我的作品，我有信心接受任何调查。"

司斑越点点头，问："除了官方澄清和公开道歉，你还有其他要求吗？"

宁听犹豫了一会儿，还是决定说出来："我希望星锐官方能更换'Lumen'的 slogan。"

司斑越饶有兴味地"哦"了一声。

"'Lumen'是光学单位，我偶然在学校图书馆看到的，音译过来叫'流明'。具体来说，就是人眼可以感知到的亮度，大到阳光小到萤火虫的光，每个发光物体有多少流明都可以计算。'Lumen'现在的 slogan 是'爱人眼里的光'，很浪漫。但我一开始并不是基于这一思想去画设计稿的，我想表达的思想是：'我就是太阳，无须借谁的光。我们每个人都是自己小小宇宙里，独一无二的太阳。'"

“可以。”司斑越毫不犹豫，“那你这两天就好好配合调查，等结果出来，星锐会给你一个交代。”

他说完示意宁听可以离开，但宁听走了两步又停住，回头欲言又止地看着他。

“还想说什么？”司斑越问得很温和。

“想问，您是不是因为司瑄才决定调查这件事？”

“不是。要想在行业长久立足，必须尊重每一位设计师，星锐不允许有这种所谓的‘行业潜规则’存在。”

“谢谢您。”宁听十分郑重地给司斑越鞠了一躬。

宁听从司斑越办公室出来，发现司瑄在会客区的沙发上等着她，见她出来有些紧张地朝她走过来，第一句话是：“我不是故意瞒着你的。”

“我现在不是知道了嘛。”而且他在知道她当年的遭遇后就毫不犹豫地“走后门”帮了她，宁听其实并不在意这些，她喜欢司瑄，因为他是司瑄，仅此而已。

“你不生气吗？”

宁听有些莫名：“我为什么要生气？男朋友的大腿这么好抱，我开心还来不及呢。”

周五，星锐通过内部邮箱就“Lumen”的调查结果出了最终通告，处罚结果是终止与 Charles.Lee 的所有合作，解雇徐丽。

徐丽就是当时和宁听签合同的人。

与此同时，星锐官网也澄清了“Lumen”的设计师是宁听，道歉信在官网主页停留了三天。

这三年来耿耿于怀的事情竟以这样不可思议的方式解决，宁听都快被这馅饼砸晕了。

离开星锐前，徐丽应星锐要求来向宁听道歉，她还和三年前一样，红唇细高跟，即便是被解雇仍然很傲慢。

“希望你一直能有这么好的运气。”

宁听笑：“不是我运气好，是因为，对就是对，错就是错。不会因为错的人声音大，错的就变成对的。”

这句话憋在她心里三年，现在终于有机会当着徐丽的面说出来，她觉得自己像极了警匪片里伸张正义的热血警察。

司瑄来接她下班。

两人手牵手走在铺满落日余晖的街头，宁听忽然有些感慨，问：“其实，我一直很好奇，你是从什么时候开始喜欢我的？”

司瑄偏头看她：“我对你图谋已久，终于得偿所愿。”

（全文完）

本书由禾一委托长沙大鱼文化传媒有限公司正式授权四川文艺出版社，在中国大陆地区独家出版中文简体版本。未经书面同意，本书的任何部分不得以图表、电子、影印、缩拍、录音和其他手段进行复制和转载，违者必究。

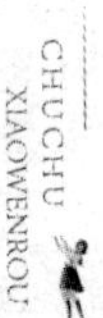